中國語言文字研究輯刊

十七編

許學仁 主編

第 10 冊

山東出土金文合纂
（第四冊）

蘇 影 著

花木蘭文化事業有限公司

國家圖書館出版品預行編目資料

山東出土金文合纂（第四冊）／蘇影 著 ── 初版 ── 新北市：
花木蘭文化事業有限公司，2019〔民 108〕
目 8+198 面；21×29.7 公分
（中國語言文字研究輯刊 十七編；第 10 冊）
ISBN 978-986-485-930-6（精裝）
1. 金文 2. 山東省
802.08　　　　　　　　　　　　　　　　　　108011982

中國語言文字研究輯刊
十七編　　第 十 冊　　　　　　　　ISBN：978-986-485-930-6

山東出土金文合纂（第四冊）

作　　者	蘇 影
主　　編	許學仁
總 編 輯	杜潔祥
副總編輯	楊嘉樂
編　　輯	許郁翎、王　筑、張雅淋　美術編輯　陳逸婷
出　　版	花木蘭文化事業有限公司
發 行 人	高小娟
聯絡地址	235 新北市中和區中安街七二號十三樓
	電話：02-2923-1455／傳眞：02-2923-1452
網　　址	http://www.huamulan.tw 信箱 hml810518@gmail.com
印　　刷	普羅文化出版廣告事業
初　　版	2019 年 9 月
全書字數	286993 字
定　　價	十七編 18 冊（精裝）　台幣 56,000 元

山東出土金文合纂
（第四冊）

蘇影 著

二十八、鎛

926. 叔夷鎛

【出土】宣和五年（1123）青州臨淄縣民於齊故城耕地（金石錄 13.2）。

【時代】春秋晚期。

【著錄】總集 7214，博古 22.5，薛氏 58~64，嘯堂 75，大系 240~243，銘文選 847，集成 285。

【字數】480（重文 6，合文 8）。

【摹本】

【釋文】隹（唯）王五月，唇（辰）才（在）戊寅，歖（師）于龗湮。公
曰。女（汝）尸（夷），余經乃先昪（祖），余既專乃心，女（汝）
忩（悄）愄（畏）忌。女（汝）不豕（墜）殂（夙）夜，宧鞁（執）
而（爾）政事。余引厭乃心，余命女（汝）政于躰（朕）三軍，
篕（肅）成朕歖（師）旃之政德，諫（姨）罰朕庶民，左右母（毋）
諱。尸（夷）不敢弗懲戒，虔卹乃死事，勠穌（和）三軍徒旃雱
（與）乒行歖（師），脊（慎）中于罰。公曰：尸（夷），女（汝）
敬共（恭）辥（台）命，女（汝）雁（膺）鬲（曆）公家。女（汝）
娶（勤）袋（勞）朕行歖（師），女（汝）肇（肇）勐（敏）于

戎攻（功），余易（賜）女（汝）釐（萊）都滕劑，其縣三百。
余命女（汝）嗣（司）辝（台）鄩邇，或徒亖（四）千，爲女（汝）
敊寮。乃敢用捀（拜）頴首，弗敢不對戁（揚）朕辟皇君之易（賜）
休命。公曰：尸（夷），女（汝）康能乃又（有）事衛（遹）乃
敊寮，余用登屯（純）厚乃命，女（汝）尸（夷）母（毋）曰：
余少子，女（汝）尃余于囏（艱）卹，虗（虔）卹不易，左右余
一人。余命女（汝）戴（載）差（左）卿，爲大事，戠（兼）命
于外內之事，中尃盟（明）刑，女（汝）台（以）尃戒公家，雁
（膺）卹余于盟（明）卹。女（汝）台（以）卹余朕身，余易（賜）
女（汝）馬車戎兵釐（萊）僕三百又五十家，女（汝）台（以）
戒戎钕（作）。尸（夷）用或敢再鞁（拜）頴首，雁（膺）受君
公之易（賜）光，余弗敢灋（廢）乃命。尸（夷）笭（典）其先
舊及其高昇（祖），虝（虢）虝（虢）成唐（湯），又（有）敢
（嚴）才（在）帝所，塼（尃）受天命，剮伐頙（夏）后，散乓
嚳（靈）師（師），伊少（小）臣隹（唯）桶（輔），咸有九州，
處墒之堵（土）。不（丕）顯穆公之孫，其配襄公之妣，而餤（成）
公之女，雫生弔（叔）尸（夷）。是辟于旅（齊）庆（侯）之所，
是忞（悄）猈（恭）遹，黱（靈）力若虎，堇（勤）袋（勞）其
政事，又（有）共（恭）于公所，廄罤（擇）吉金鈇（鈇）盨（鎬）
鋅鋁，用钕（作）靈（鑄）其寶鎛。用亯（享）于其皇昇（祖）、
皇妣（妣）、皇母、皇考，用旂（祈）鬠（眉）耆（壽），霝（令）
命難老。不（丕）顯皇昇（祖），其乍（作）福元孫，其萬福屯
（純）魯。龢獸（協）而（爾）又（有）事，卑（俾）若鍾（鐘）
鼓，外內剴（闓）辟，殽殽巤巤，邁（達）而（爾）甸（俾）剝，
母（毋）或承（脀）顡，女（汝）考耆（壽）萬年，羕（永）伻
（保）其身。卑（俾）百斯男而迖斯字，箾（肅）箾（肅）義（儀）
政，旅（齊）庆（侯）左右。母（毋）疾母（毋）已，至于枼曰，
武黱（靈）成，子子孫孫羕（永）保用亯（享）。

927. 灨夫人鎛

【出土】山東棗莊徐樓東周墓（M1：43）。

【時代】春秋晚期。

【著錄】文物 2014 年第 1 期 21 頁圖 65。

【字數】存 8。

【拓片】

【釋文】灨夫人永……用樂口

928. 莒公孫潮子編鎛

【出土】1970 年春山東諸城市臧家莊（今名龍宿村）戰國墓。

【時代】戰國早期。

【著錄】青全 9.38，文物 1987 年 12 期 49 頁圖 4.1，近出 4，新收 1132，
　　　　山東成 103.1，圖像集成 15761。

【現藏】諸城市博物館。

【字數】16。

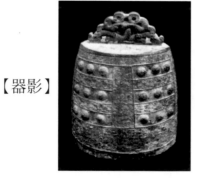

【器影】

【拓片】

【釋文】陸（陳）獲（徙）立事歲，十月己丑，莒（莒）公孫淖（潮）子窨（造）器。

929. 莒公孫潮子編鎛

【出土】1970 年春山東諸城市臧家莊（今名龍宿村）戰國墓。

【時代】戰國早期。

【著錄】文物 1987 年 12 期 49 頁圖 4.2，近出 5，新收 1138，山東成 103.2，圖像集成 15762。

【現藏】諸城市博物館。

【字數】16

【器影】

【拓片】

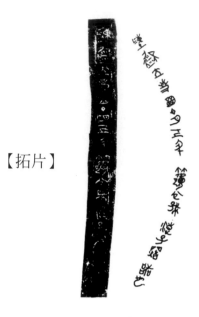

【釋文】陸（陳）㢵（徙）立事歲，十月己丑，莒（莒）公孫淖（潮）子
窯（造）器也。

930. 司馬枡編鎛甲

【出土】1982 年山東滕州市姜屯鎮莊里西村一座墓葬。

【時代】春秋晚期或戰國早期。

【著錄】山東成 104，圖像集成 15767。

【現藏】滕州市博物館。

【字數】20。

【器影】

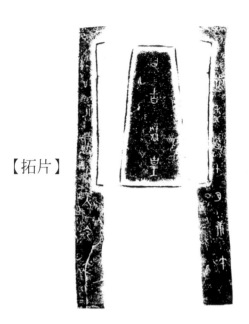

【拓片】

【釋文】唯正孟歲十月庚午，曰古朕皇祖□公，嚴恭天命，哀

931. 司馬楸編鎛乙

【出土】1982 年山東滕州市姜屯鎮莊里西村一座墓葬。

【時代】春秋晚期或戰國早期。

【著錄】山東成 105，圖像集成 15768。

【現藏】滕州市博物館。

【字數】20。

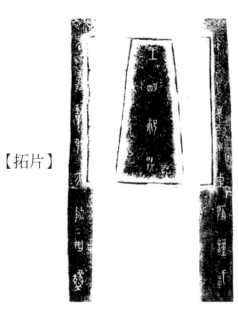

【拓片】

【釋文】命鰥寡，用克肇謹祧（先）王明祀，朕文考懿弔（叔），亦帥型
瀂

932. 司馬栿編鎛丙

【出土】1982 年山東滕州市姜屯鎮莊里西村一座墓葬。

【時代】春秋晚期或戰國早期。

【著錄】山東成 106，圖像集成 15769。

【現藏】滕州市博物館。

【字數】21（重文 1）。

【拓片】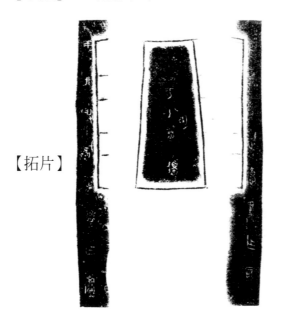

【釋文】則先公正悳（德），卑（俾）作司馬于棤（滕），□□羊非敢襧
（嗣），栿乍（亡）宗。

933. 司馬栿編鎛丁

【出土】1982 年山東滕州市姜屯鎮莊里西村一座墓葬。

【時代】春秋晚期或戰國早期。

【著錄】山東成 107，圖像集成 15770。

【現藏】滕州市博物館。

【字數】20。

【拓片】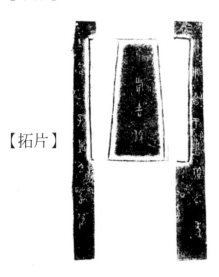

【釋文】彝。用亯（享）于皇祖晉（文）考，用旂（祈）吉休畯栱，子孫
萬年是保

傳世鎛

934. 郑公孫班鎛

【時代】春秋晚期。

【著錄】山東成 35（稱鐘），集成 140，總集 7058，三代 1.35.1，周金
1.48，夢郭上 3，小校 1.45，山東存郑 10，國史金 36（稱鐘），
圖像集成 15784。

【字數】47（重文 2）。

【器影】

【拓片】

【釋文】隹（唯）王正月，辰在丁亥，黿（郳）公孫班 霁（擇）其吉金，
□其鎬鎛，用喜于其□□，其萬年農（眉）耆（壽）□□□□□
□□，其子子孫孫 羕（永）保用之。

935. 鎬鎛

【出土】同治庚午（1870）四月山西榮河縣後土祠旁河岸圮出土（攀古）。

【時代】春秋中期或晚期。

【著錄】山東成 95，集成 271，總集 7213，三代 1.66.2-1.68.2，攀古 2.1，
愙齋 2.21，綴遺 2.27，周金 1.1，大系 251，小校 1.96-1.97，山東
存齊 8，通考 969，上海 85，銘文選 843，美全 5.27，音樂（北京）
1.5.29，青全 9.37，辭典 779，圖像集成 15828。

【現藏】中國國家博物館。

【字數】175（重文 2，合文 1）。

【器影】

【拓片】

【摹本】

【釋文】隹（唯）王五月初吉丁亥，旅（齊）辟鼇（鮑）弔（叔）之孫，
遄中（仲）之子鬵，乍（作）子中（仲）姜寶鎛，用旖（祈）厌
（侯）氏永命萬年，鬵保其身，用宣（享）用孝于皇祖聖弔（叔）、
皇虎（妣）聖姜，于皇祖又成惠弔（叔）、皇虎（妣）又成惠姜、
皇丂（考）遄中（仲）、皇母，用旖（祈）耆（壽）老（考）母
（毋）死，俘（保）虜（吾）兄弟，用求丂（考）命彌生，簫（肅）
簫（肅）義（儀）政，俘（保）虜（吾）子住（姓），鼇（鮑）
叔又成裘（勞）于旅（齊）邦，厌（侯）氏易（賜）之邑言（二
百）又九十又九邑，鼛（與）𢦦（鄩）之民人都啚（鄙），厌（侯）
氏從傅（告）之曰：枼（世）萬至于辭（以）孫子，勿或俞（渝）
改，鼇（鮑）子鬵曰：余彌心畏諟（忌），余四事是台（以），
余爲大攻（工）厄（䡅）、大吏（史）、大选、大宰，是辭（以）
可事（使），子子孫永俘（保）用宣（享）。

二十九、戈

936. 亞戈

【出土】1965-1966 年山東益都縣蘇埠屯 1 號墓（M1：15）。

【時代】商代晚期。

【著錄】文物 1972 年 8 期 21 頁圖 7.2 和 4，集成 10844，總集 7338，山東
　　　　成 753，圖像集成 16399。

【現藏】山東省博物館。

【字數】2。

【器影】

【拓片】（正面）　　　　（背面）

【釋文】亞。

937. 屮戈

【出土】1980 年秋山東濟寧市（編號 1）。

【時代】商代晚期。

【著錄】文物 1992 年 11 期 89 頁圖 14，近出 1063，新收 1549，山東成
758，圖像集成 16131。

【現藏】濟寧市博物館。

【字數】1。

【器影】

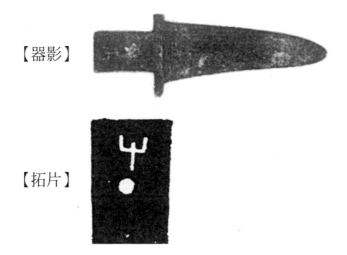

【拓片】

【釋文】屮。

938. 臣戈

【出土】1984 年 5 月山東沂源縣東安商代墓葬。

【時代】商代晚期。

【著錄】山東成 760，圖像集成 16026。

【現藏】沂源縣博物館。

【字數】內兩面各 1。

【器影】

【拓片】

【釋文】臣。

939. 鳥戈

【出土】1991 年 1 月山東沂水縣柴家鄉信家莊。

【時代】商代早期。

【著錄】文物 1995 年 7 期 73 頁圖 4，近出 1064，新收 1031，山東成 759，
圖像集成 16115。

【現藏】沂水縣博物館。

【字數】1。

【器影】

【拓片】

【釋文】𤟟（鳥）。

940. 戈（吹戈）

【出土】山東濟南市近郊及轄縣。

【時代】商代晚期。

【著錄】考古 1994 年 9 期 859 頁圖 1.1，近出 1065，新收 1534，山東成 755，圖像集成 16197。

【字數】1。

【器影】

【拓片】

【釋文】（吹）。

941. 戈

【出土】山東濟南市近郊及轄縣。

【時代】商代晚期。

【著錄】考古 1994 年 9 期 859 頁圖 1.3，近出 1066，新收 1533，山東成 757，圖像集成 16198。

【現藏】濟南市博物館。

【字數】1。

【器影】

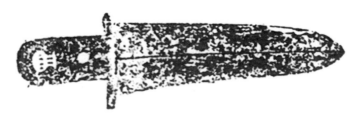

【拓片】

【釋文】。

942. 史戈

【出土】1994 年山東省滕州市官橋鎮前掌大村商周墓地（M40：21）。

【時代】商代晚期。

【著錄】滕州 314 頁圖 226.4，圖像集成 16049。

【現藏】中國社會科學院考古研究所。

【字數】1。

【器影】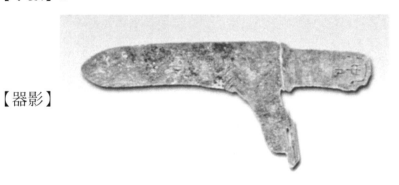

【拓片】

【釋文】史。

943. 史戈

【出土】1994 年山東省滕州市官橋鎮前掌大村商周墓地（M45：3）。

【時代】商代晚期。

【著錄】滕州 317 頁圖 228.4，圖像集成 16050。

【現藏】中國社會科學院考古研究所。

【字數】1。

【器影】

【拓片】　　　　　　　　（正面）　　　　　　　　（背面）

【釋文】史。

944. 高子戈

【出土】1970 年山東淄博市臨淄區敬仲公社白兔丘村。

【時代】春秋早期。

【著錄】考古 1984 年 9 期 815 頁圖 1，集成 10961，山東成 771，圖像集
　　　　成 16509。

【現藏】淄博市臨淄區文物管理所。

【字數】3。

【拓片】

【釋文】高子戈。

945. 京戈

【出土】1973 年春山東濰縣望留公社麓台村。

【時代】春秋早期。

【著錄】文物 1983 年 12 期 10 頁圖 6，集成 10808，山東成 773，圖像集
成 16273。

【現藏】濰坊市博物館。

【字數】1。

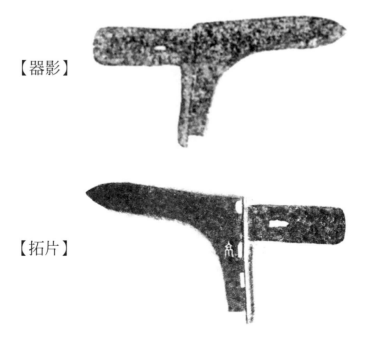

【器影】

【拓片】

【釋文】京。

946. 淳于公戈

【出土】1987 年 9 月山東新泰市鍋爐檢驗所。

【時代】春秋早期。

【著錄】文物報 1990 年 8 期 3 版，近出 1157，新收 1109，山東成 813.2，
　　　　圖像集成 16850。

【現藏】新泰市博物館。

【字數】6。

【器影】

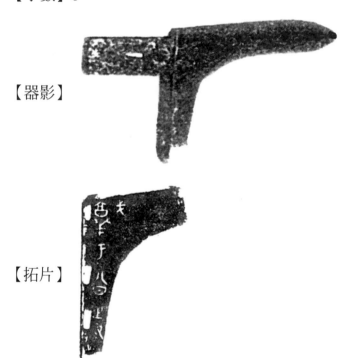

【拓片】

【釋文】臺（淳）于公之御戈。

947. 淳于左造戈

【出土】二十世紀七十年代末山東新泰市。

【時代】春秋早期。

【著錄】文物報 1990 年 8 期 3 版，近出 1130，新收 1110，山東成 813.1，
　　　　圖像集成 16683。

【現藏】新泰市博物館。

【字數】4。

【器影】

【拓片】

【釋文】臺（淳）于左觛（造）。

948. 子備璋戈

【出土】山東濟南市近郊及轄縣。

【時代】春秋早期。

【著錄】考古 1994 年 9 期 859 頁圖 1.4，近出 1140，新收 1540，山東成
807，圖像集成 16691。

【現藏】濟南市博物館。

【字數】4。

【器影】

【拓片】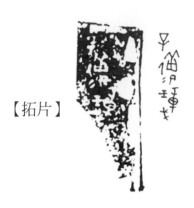

【摹本】

【釋文】子備璋戈。

949. 薛比戈

【出土】1978 年 12 月山東滕州市城南官橋鎮尤樓村春秋墓葬（M2.21）。

【時代】春秋早期。

【著錄】考古學報 1991 年 4 期 471 頁圖 14.2，近出 1163，新收 1128，山東成 775.2，圖像集成 16811。

【現藏】濟寧市文物局。

【字數】6。

【器影】

【拓片】

【釋文】 比造戈，用□□

950. 郭公子戈

【出土】1978 年 12 月山東滕州市城南官橋鎮尤樓村春秋墓葬（M2.27）。

【時代】春秋早期。

【著錄】考古學報 1991 年 4 期 471 頁圖 14.1，近出 1164，新收 1129，山東成 775.1，圖像集成 17050。

【現藏】濟寧市文物局。

【字數】7。

【器影】

【拓片】

【釋文】郐郭公了喾岂戈。

951. 莒公戈（鄑公戈）

【出土】1977 年冬山東沂水縣院東頭公社劉家店子村 1 號西周墓葬（M1：
147）。

【時代】春秋中期。

【著錄】文物 1984 年 9 期 6 頁圖 9.2，近出 1087，新收 1033，山東成
802.1，圖像集成 16415。

【現藏】山東省文物考古研究所。

【字數】2。

【器影】
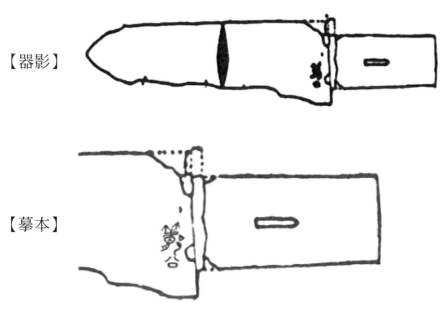

【摹本】

【釋文】鄑（莒）公。

952. 吁戈

【出土】1942 年山東。

【時代】春秋晚期。

【著錄】集成 11032，總集 7420，圖像集成 16669。

【字數】4。

【器影】

【拓片】

【釋文】吁□□佚。

953. 武城戈

【出土】1973 年春山東濰縣望留公社麓台村。

【時代】春秋晚期。

【著錄】文物 1983 年 12 期 9 頁圖 2，集成 11024，山東成 780，圖像集成 16612。

【現藏】濰坊市博物館。

【字數】4。

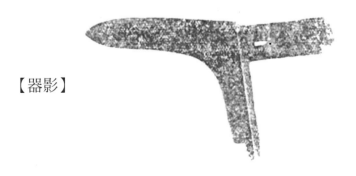

【器影】

【拓片】

【釋文】武臧（城）徒戈。

954. 武城戈

【出土】1973 年春山東濰縣望留公社麓台村。

【時代】春秋晚期。

【著錄】文物 1983 年 12 期 10 頁圖 4，集成 10966，山東成 779，圖像集成 16518。

【現藏】濰坊市博物館。

【字數】3。

【器影】

【拓片】

【釋文】武城戈。

955. 滕侯吳戈（滕侯昃戈）

【出土】1980 年夏山東滕縣西寺院村荊河南岸。

【時代】春秋晚期。

【著錄】考古 1984 年 4 期 337 頁圖 11，集成 11079，辭典 785，山東成 786，圖像集成 16752。

【現藏】滕州市博物館。

【字數】5。

【器影】

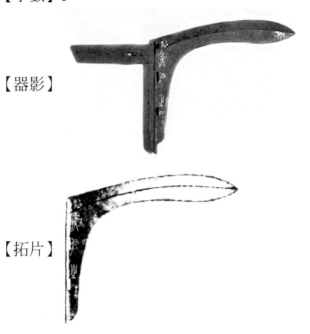

【拓片】

【釋文】朕（滕）厌（侯）吳（昃）之買（造）。

956. 越□堇戈

【出土】傳山東省棗莊市南郊泥溝坊上一帶出土，1983 年 12 月於棗莊市 物資回收公司揀選。

【時代】春秋晚期。

【著錄】鳥蟲書圖 86，文物 1987 年 11 期 28 頁圖 1、2，吳越文 187，新 收 1096，山東成 854，圖像集成 17148。

【現藏】棗莊市博物館。

【字數】12。

【器影】

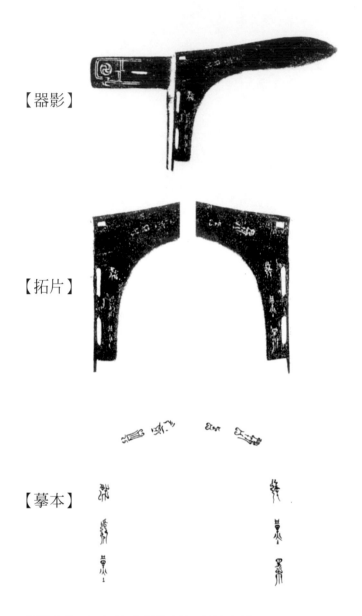

【拓片】

【摹本】

【釋文】戈安堇尚□□堇眯□古□。

957. 侯散戈

【出土】1986 年 5 月山東臨朐縣冶源鎮灣頭河村春秋墓。

【時代】春秋晚期。

【著錄】考古 1999 年 2 期 90 頁圖 2，近出 1111，新收 1168，圖像集成 16534。

【現藏】臨朐縣文物局。

【字數】3。

【器影】

【拓片】

【釋文】厌（侯）筬（散）戈。

958. 平阿左戈

【出土】1987 年夏山東沂水縣富官莊鄉黃泥溝村。

【時代】春秋晚期。

【著錄】文物 1991 年 10 期 32 頁圖 2，近出 1135，新收 1496，山東成 855，
　　　　圖像集成 16681。

【現藏】沂水縣博物館。

【字數】4。

【器影】

【拓片】

【釋文】平陞（阿）左錢（戈）。

959. 淳于右戈

【出土】1999 年 4 月山東泰安市泰山虎山東路戰國墓。

【時代】春秋晚期。

【著錄】文物 2005 年 9 期 93 頁圖 3，新收 1069，山東成 814，圖像集成
16684，海岱 82.15。

【現藏】泰安市博物館。

【字數】4。

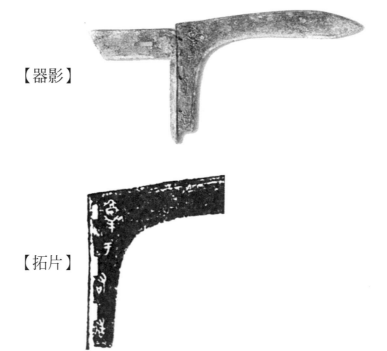

【器影】

【拓片】

【釋文】臺（淳）于右觥（造）。

960. 滕侯昊戈

【出土】此與滕侯耆戈並出山左（澂秋）。

【時代】春秋晚期。

【著錄】三代 20.13.3，貞松 12.3.3.澂秋下 55，山東存滕 3.1-2，銘文選 806，集成 11123，總集 7467，國史金 2660，山東成 785，圖像 集成 16753。

【現藏】中國國家博物館。

【字數】6。

【拓本】

【釋文】朕（滕）厌（侯）昊（昃）之鑄（造）戜（戈）。

961. 宋公差戈

【出土】山東濟寧（綴遺）。

【時代】春秋晚期。

【著錄】三代 19.52.2，攈古 2 之 1.57.1，綴遺 30.18.1，奇觚 10.24.1，周金 6.10.1，小校 10.50.1，集成 11289，總集 7513，鬱華 421，山東成 796，圖像集成 16827。

【字數】10。

【拓片】

【釋文】宋公差之所覜（造）不昜族戈。

962. 羊子戈

【出土】山東曲阜（山左金石志）。

【時代】春秋晚期。

【著錄】積古 8.15.2，金索 89，攗古 1.3.36.4，奇觚 10.20.1，三代 19.40.2，
山東存魯 21.2-3，小校 10.41.1，周金 6.26.1，集成 11089，總集
7422，鬱華 420，山東成 790，圖像集成 16730。

【現藏】上海博物館。

【字數】5。

【拓片】

【釋文】羊子之䑸（造）戈。

963. 梁戈（郲戈）

【出土】1980 年山東濰縣治渾街公社張家莊春秋墓葬。

【時代】春秋晚期。

【著錄】文物 1986 年 3 期 40 頁圖 24，集成 10823，山東成 798.1，圖像集
成 16291。

【現藏】濰坊市博物館。

【字數】1。

【器影】

【拓片】

【釋文】羅（郳一梁）。

964. 成陽辛城里戈

【出土】山東。

【時代】春秋晚期。

【著錄】三代 19.44.2，貞松 11.31.1，雙吉下 19，集成 11154，總集 7446，
國史金 2611，山東成 791，圖像集成 16929。

【現藏】天津市歷史博物館。

【字數】6。

【器影】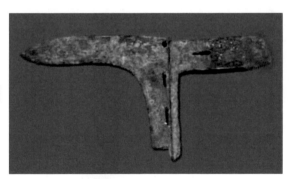

【拓片】

【釋文】成陽（陽）辛城里戔（戈）。

965. 子懰子戈（子愳子戈）

【出土】1956 年山東濰坊市。

【時代】春秋時期。

【著錄】山東選 109 右，文物 1986 年 3 期 40 頁圖 22，集成 10958，總集 7374，山東成 800.1，圖像集成 16538。

【現藏】濰坊市博物館。

【字數】3。

【器影】

【拓片】

【釋文】子懰子。

966. 左徒戈

【出土】1983 年山東莒南縣小窯大隊。

【時代】春秋時期。

【著錄】文物 1985 年 10 期 30 頁，集成 10971，山東成 863，圖像集成 16529。

【現藏】山東省博物館。

【字數】3。

【器影】

【拓片】

【釋文】左徒。

967. 保晉戈

【出土】1990 年 9 月山東成武縣小台古城遺址。

【時代】西周早期（原報告：春秋。）。

【著錄】文物 1992 年 5 期 95 頁圖 1，近出 1112，新收 1029，山東成
812.1，圖像集成 16524。

【現藏】成武縣文物管理所。

【字數】3。

【器影】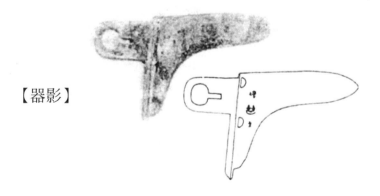

【拓片】

【釋文】保瞀（晉）戈。

968. 保瞀戈

【出土】1980 年 10 月山東沂源縣悅莊鄉八仙宮莊。

【時代】春秋時期。

【著錄】山東成 770，圖像集成 16525。

【現藏】沂源縣博物館。

【字數】3。

【器影】

【拓片】

【釋文】保瞀（晉）戈。

969. 陳爾徒戈（陳爾戈）

【出土】二十世紀 90 年代山東乳山縣（A-002）。

【時代】春秋晚期。

【著錄】文物 1993 年 4 期 94 頁圖 1.3，近出 1139，新收 1499，山東成 849，圖像集成 16512。

【現藏】乳山縣文物管理所。

【字數】3。

【器影】

【拓片】

【釋文】陸（陳）爾（爾）徒戈。

970. 厥攻反戈（攻反戈）

【出土】1980 年秋山東濟寧市（編號 9）。

【時代】春秋晚期。

【著錄】文物 1992 年 11 期 89 頁圖 17，近出 1110，新收 1550，山東成 847，圖像集成 16492。

【現藏】濟寧市博物館。

【字數】3。

【器影】

【拓片】

【釋文】攻反，屎。

971. 鄖戈

【出土】1980年山東平邑縣保太公社寨上大隊。

【時代】春秋晚期。

【著錄】考古1985年12期1152頁圖16.1，新收1025，圖像集成16413。

【字數】2。

【器影】

【拓片】

【釋文】鄖戈。

972. 北付戈

【出土】1978 年山東郯城縣土產公司揀選。

【時代】春秋晚期。

【著錄】山東成 867，圖像集成 16428。

【現藏】郯城縣圖書館。

【字數】2。

【器影】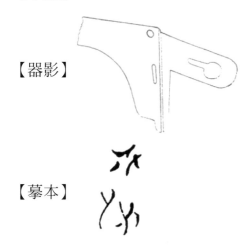

【摹本】

【釋文】北付。

973. 右戈

【出土】1986 年山東莒縣周馬官莊。

【時代】春秋時期。

【著錄】山東成 870.2，圖像集成 16305。

【現藏】莒縣博物館。

【字數】1。

【拓片】

【釋文】右。

974. 郘子疚戈

【出土】山東棗莊徐樓東周墓（M2：61）。

【時代】春秋晚期。

【著錄】文物 2014 年第 1 期。

【字數】5。

【器影】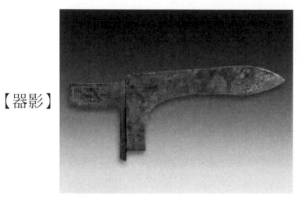

【拓片】

【摹本】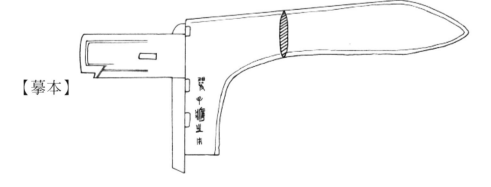

【釋文】郘子疚之用。

975. 郳右屁戈

【出土】傳山東臨沂縣西鄉。

【時代】春秋時期。

【著錄】考古 1983 年 2 期 188 頁圖 3，集成 10969，總集 7380，山東成 801，圖像集成 16543。

【現藏】臨沂市文物店。

【字數】3。

【器影】

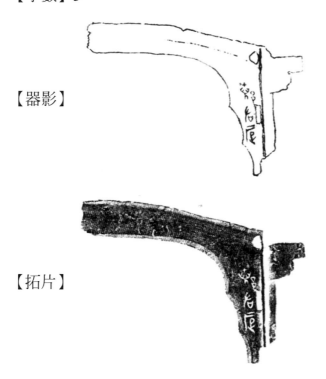

【拓片】

【釋文】郳右屁。

976. 簹戈

【出土】山東蒙陰。

【時代】春秋。

【著錄】文物 1988 年 11 期 94 頁，近出 1129，山東成 812 頁，海岱 180.6。

【現藏】蒙陰縣文物管理所。

【字數】4。

【器影】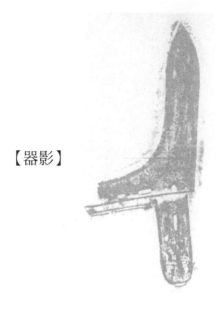

【拓片】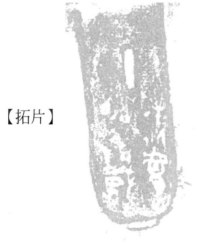

【釋文】簥（莒）之造鐵（戟）。

977. 公戈

【出土】山東濟南市近郊及轄縣。

【時代】春秋時期。

【著錄】考古 1994 年 9 期 859 頁圖 1.10，近出 1108，新收 1537，山東成 843，圖像集成 16406。

【現藏】濟南市博物館。

【字數】2。

【器影】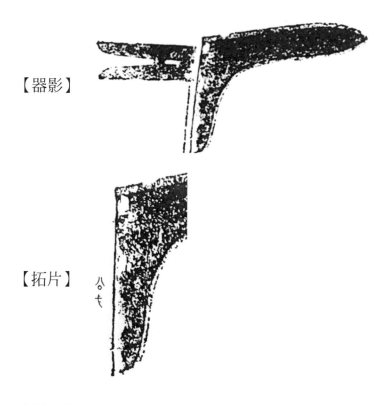

【拓片】

【釋文】公戈。

978. 造戈

【出土】山東濟南市近郊及轄縣。

【時代】春秋時期。

【著錄】考古 1994 年 9 期 859 頁圖 1.6，近出 1141，新收 1539，山東成
848，圖像集成 16601。

【現藏】濟南市博物館。

【字數】4。

【器影】

【拓片】

【釋文】□□造戈。

979. 左戈

【出土】山東濟南市近郊及轄縣。

【時代】春秋時期。

【著錄】考古 1994 年 9 期 859 頁圖 1.5，近出 1083，新收 1536，山東成845，圖像集成 16302。

【現藏】濟南市博物館。

【字數】1。

【器影】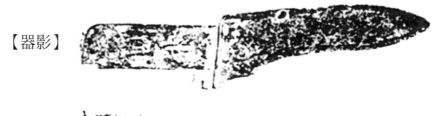

【拓片】

【釋文】左。

980. 後生戈

【出土】1965 年山東莒縣土門。

【時代】春秋時期。

【著錄】山東成 871.1，圖像集成 16535。

【現藏】莒縣博物館。

【字數】3。

【拓片】

【釋文】逡（後）生戈。

981. 瘃戈

【出土】山東濟南市近郊及轄縣。。

【時代】春秋時期。

【著錄】考古 1994 年 9 期 859 頁圖 1.8，近出 1149，新收 1156，山東成
799，圖像集成 16718。

【現藏】濟南市博物館。

【字數】5。

【器影】

【拓片】

【釋文】瘃之親用戈。

982. 陳戈

【出土】1978 年 10 月山東新泰市放城鄉南澇坡村。

【時代】戰國早期。

【著錄】考古與文物 1991 年 2 期 109 頁圖 2，近出 1137，新收 1112，山東成 817.2，圖像集成 16639。

【現藏】新泰市博物館。

【字數】4。

【器影】

【拓片】

【釋文】陞（陳）（鄆）造錢（戈）。

983. 作用戈

【出土】山東濰縣。

【時代】戰國早期。

【著錄】文物 1986 年 3 期 40 頁圖 28，集成 11107，山東成 836.2，圖像集成 16736。

【現藏】濰坊市博物館。

【字數】5。

【器影】

【拓片】

【釋文】乍（作）用于昌□。

984. 御戈

【出土】山東濰縣。

【時代】戰國早期。

【著錄】文物 1986 年 3 期 40 頁圖 25 和 26，集成 11108，山東成 836.1，圖像集成 16720。

【現藏】濰坊市博物館。

【字數】6（合文 1）。

【器影】

【拓片】

【釋文】□□御戈五百。

985. 無鹽右戈（亡鹽右戈）

【出土】山東濟南市近郊及轄縣。

【時代】戰國早期。

【著錄】考古 1994 年 9 期 859 頁圖 1.7，近出 1121，新收 1538，山東成
810，圖像集成 16569。

【現藏】濟南市博物館。

【字數】4。

【器影】

【拓片】

【釋文】亡（無）鹽右。

986. 國楚戈

【出土】1990 年 11 月山東淄博市臨淄區淄河店戰國墓（M2g.12）。

【時代】戰國早期。

【著錄】考古 2000 年 10 期 56 頁圖 20，新收 1086，齊墓 330 頁圖 247，
　　　　圖像集成 16740。

【現藏】山東省文物考古研究所。

【字數】5。

【器影】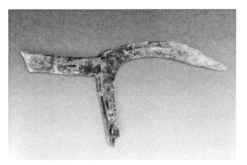

【拓片】

【釋文】國楚造車戈。

987. 不羽鸞戈

【出土】1973 年山東萊陽縣徐格莊。

【時代】戰國早期。

【著錄】故宮文物 1993 年總 129 期 11 頁圖 16，古研 19 輯 83 頁圖 7.5，
　　　　圖像集成 16697。

【現藏】煙台市博物館。

【字數】4。

【拓片】

【釋文】不羽鹽□。

988. 郢戈

【出土】山東臨沂縣。

【時代】戰國中期。

【著錄】文物 1979 年 4 期 25 頁圖 1，集成 10829，總集 7309，山東成 827，
　　　　圖像集成 16298。

【現藏】臨沂市文物管理委員會。

【字數】1。

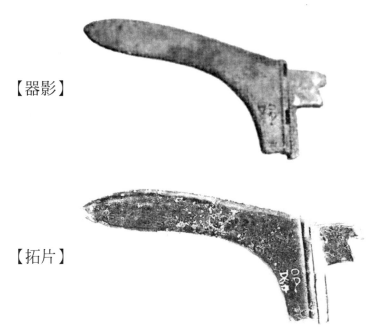

【器影】

【拓片】

【釋文】郢。

989. 公迖戈（王章之歲戈）

【出土】傳出山東曲阜。

【時代】戰國中期。

【著錄】小校 10.45.2，積古 8.15，周金 6.13.1，攈古 2 之 1.45，古研 19
輯 65 頁 10，圖像集成 17109。

【字數】10（合文 1）。

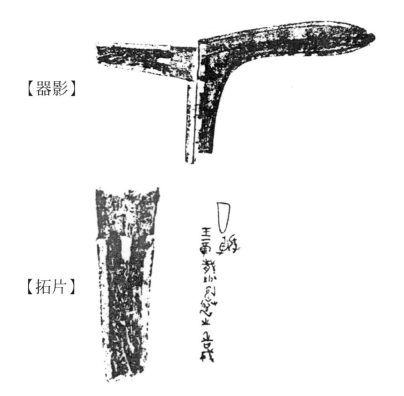

【器影】

【拓片】

【釋文】王章之戕（歲），公迖之告（造）弍（戟）。□。

990. 武城戈

【出土】1991 年 12 月山東臨朐縣沂山鄉劉家峪村。

【時代】戰國中晚期。

【著錄】考古與文物 1991 年 1 期 96 頁圖 2，近出二 1090，新收 1169，山
東成 815.1，圖像集成 16519。

【現藏】臨朐縣文物管理所。

【字數】3。

【拓片】

【釋文】武城戈。

991. 陳發戈

【出土】1999 年 5 月山東沂水縣高橋鎮馬家方莊戰國墓（M7：2）。

【時代】戰國晚期。

【著錄】文物 2001 年 10 期 48 頁圖 16，新收 1032，圖像集成 16640。

【現藏】沂水縣博物館。

【字數】4。

【器影】

【拓片】

【釋文】陞（陳）發棄（造）鈛（戈）。

992. 齊城左戈

【出土】1996 年春山東濰坊市桑犢故城。

【時代】戰國晚期。

【著錄】文物 2000 年 10 期 74 頁圖 2，新收 1167，圖像集成 16970。

【現藏】濰坊市博物館。

【字數】7。

【器影】

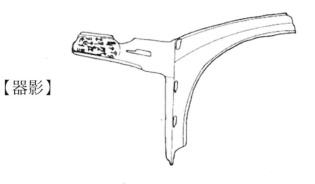

【拓片】

【摹本】

【釋文】齊城左但（冶）所漢（洧）造。

993. 鄆戈

【出土】山東歷城附近。

【時代】戰國晚期。

【著錄】錄遺 571，集成 10828，總集 7310，山東成 821，圖像集成 16307。

【字數】1。

【器影】

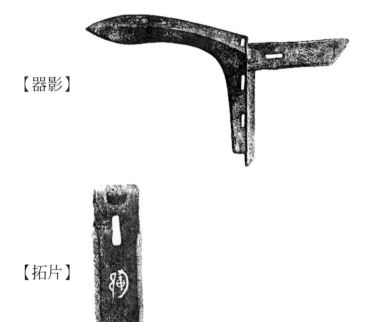

【拓片】

【釋文】鄆。

994. 柴內右戈

【出土】1977 年 7 月山東新泰市翟鎮崖頭河岸。

【時代】戰國晚期。

【著錄】文物 1994 年 3 期 52 頁圖 2，近出 1114，新收 1113，山東成 852，
圖像集成 16572。

【現藏】新泰市博物館。

【字數】3。

【器影】

【拓片】

【釋文】柴內右。

995. 燕王職戈（郾王職戈）

【出土】1992 年 9 月山東肥城市老城鎮店子村。

【時代】戰國晚期。

【著錄】考古 2002 年 9 期 69 頁圖 1，新收 1040，圖像集成 17009。

【現藏】肥城市文物管理所。

【字數】7。

【器影】

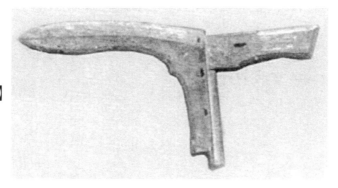

【拓片】

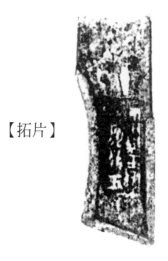

【釋文】郾（燕）王職乍（作）巨毁鋸。

996. 燕王職戈（郾王職戈）

【出土】山東濟南市附近。

【時代】戰國晚期。

【著錄】故宮文物 1996 年總 154 期 124 頁圖 2，新收 1152，圖像集成
16994。

【現藏】濟南市博物館。

【字數】7。

【器影】

【拓片】

【釋文】郾（燕）王職乍（作）黃卒鏃。

997. 郘氏左戈

【出土】1978 年山東郯城縣馬陵山大尙莊村糧管所院內。

【時代】戰國晚期。

【著錄】文物報 1992 年 23 期 3 版，近出 1117，新收 1093，山東成 819，
　　　　圖像集成 16566。

【現藏】郯城縣博物館。

【字數】3。

【器影】

【拓片】

【釋文】郘氏左。

998. 卅二年戈

【出土】1979 年 8 月山東文登市賽子河北崗頭。

【時代】戰國晚期。

【著錄】山東成 872，圖像集成 16579。

【現藏】文登市博物館。

【字數】3。

【器影】

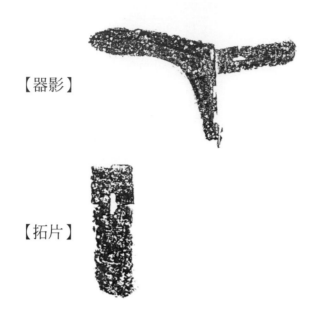

【拓片】

【釋文】卅二年⋯⋯

999. 虘台丘子俅戈

【出土】1979 年山東滕州市降屯窯廠。

【時代】戰國晚期。

【著錄】山東成 853，圖像集成 17063。

【現藏】滕州市博物館。

【字數】7。

【器影】

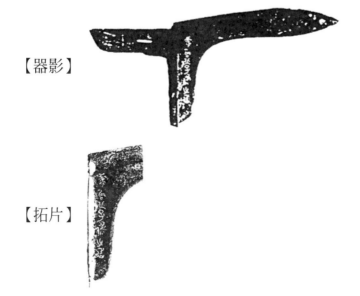

【拓片】

【釋文】虘台丘子俅之䤾（造）。

1000. 國之公戈

【出土】1987 年 10 月山東沂源縣中莊鄉南莊村西墓葬。

【時代】戰國晚期。

【著錄】山東成 864，圖像集成 16687。

【現藏】沂源縣博物館。

【字數】4。

【器影】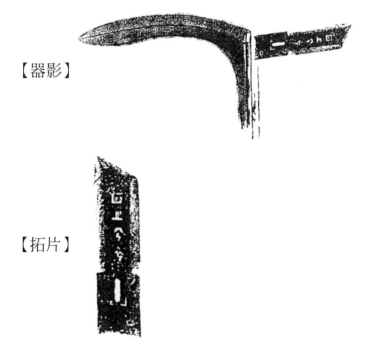

【拓片】

【釋文】國之公戈。

1001. 郯右庭戈（郯右庭戈）

【出土】1970 年山東臨沭縣臨沭鎮五山頭村。

【時代】戰國時期。

【著錄】考古 1990 年 2 期 171 頁圖 2，近出 1116，山東成 817.1，圖像集成 16545。

【現藏】臨沭縣文物管理所。

【字數】3。

【器影】

【拓片】

【釋文】郘右庭。

1002. 阿武戈

【出土】山東曲阜顏氏原藏（攈古錄）。

【時代】戰國時期。

【著錄】攈古 1 之 1.46.4，集成 10923，圖像集成 16444。

【字數】2。

【拓片】

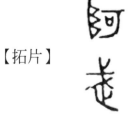

【釋文】阿武。

1003. 郯右庭戈（郯右庭戈）

【出土】1975 年山東臨沭縣徵集。

【時代】戰國時期。

【著錄】考古 1984 年 4 期 351 頁圖 1.1，集成 10997，山東成 824.2，圖像
集成 16544。

【現藏】臨沭縣文物管理所。

【字數】3。

【器影】

【拓片】

【釋文】郯右庭。

1004. 陳戈

【出土】1940 年山東濟南附近。

【時代】戰國時期。

【著錄】集成 11031，山東成 826.1，圖像集成 16647。

【字數】4。

【器影】

【拓片】

【釋文】陸（陳）□車戈。

1005. 陳子皮戈

【出土】1943 年山東汶上。

【時代】戰國時期。

【著錄】錄遺 568，集成 11126，總集 7428，山東成 838，圖像集成 16857。

【現藏】故宮博物院。

【字數】6。

【拓片】

【釋文】陸（陳）子皮之告（造）戈。

1006. 平阿戈

【出土】1990 年山東莒縣招賢鄉西黃埠。

【時代】戰國時期。

【著錄】山東成 871.2，圖像集成 16458。

【現藏】莒縣博物館。

【字數】2。

【拓片】

【釋文】平埅（阿）。

1007. 不降戈

【出土】1988 年山東莒縣劉家苗蔣村。

【時代】戰國時期。

【著錄】集成 11286，山東成 824.1，圖像集成 17098。

【現藏】莒縣博物館。

【字數】10。

【拓片】

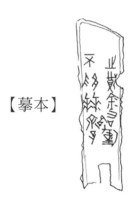

【摹本】

【釋文】不降棘余子之餳金。右軍。

1008. 鑰頃鑄戈

【出土】二十世紀 90 年代山東乳山縣（A-001）。

【時代】戰國晚期。

【著錄】文物 1993 年 4 期 94 頁圖 1.1、2，古研 19 輯 84 頁圖 8.2，近出 1119，新收 1497，山東成 851，圖像集成 16533。

【現藏】乳山縣文物管理所。

【字數】3。

【器影】

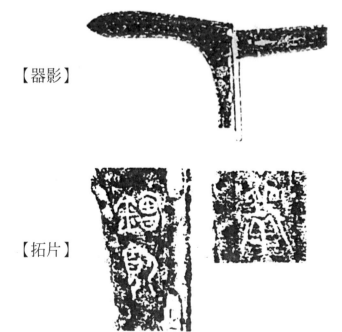

【拓片】

【釋文】鑰頃獎（鑄）。

1009. 汶陽右庫戈

【出土】二十世紀 90 年代山東乳山縣（A-004）。

【時代】戰國時期。

【著錄】文物 1993 年 4 期 94 頁圖 1.3，近出 1138，新收 1498，山東成
850，圖像集成 16700。

【現藏】乳山縣文物管理所。

【字數】4。

【器影】

【拓片】

【釋文】汶陽右庫。

1010. 平阿戈

【出土】山東濟南市近郊及轄縣。

【時代】戰國時期。

【著錄】考古 1994 年 9 期 859 頁圖 1.11，近出 1151，新收 1547，山東成
803，圖像集成 16778。

【現藏】濟南市博物館。

【字數】5。

【器影】

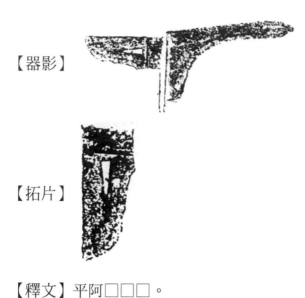

【拓片】

【釋文】平阿□□□。

1011. 左戈

【出土】山東濟南市近郊藥山西南。

【時代】戰國時期。

【著錄】考古 1994 年 9 期 860 頁圖 2.6，近出 1084，新收 1155，山東成 846，圖像集成 16303。

【現藏】濟南市博物館。

【字數】1。

【器影】

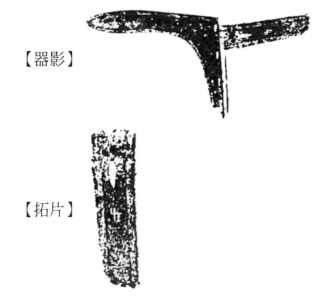

【拓片】

【釋文】左。

1012. 右建戈

【出土】山東濟南市近郊及轄縣。

【時代】戰國時期。

【著錄】考古 1994 年 9 期 860 頁圖 2.5，近出 1104，新收 1545，山東成
844，圖像集成 16463。

【現藏】濟南市博物館。

【字數】2。

【器影】

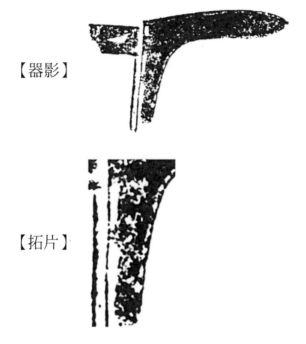

【拓片】

【釋文】右建。

1013. 武奓戈（成絲戈）

【出土】1970 年山東淄博市淄川區南韓村戰國墓（M10：2）。

【時代】戰國時期。

【著錄】考古 1988 年 5 期 468 頁圖 2，近出 1088，新收 1087，山東成
862，圖像集成 16442。

【現藏】臨淄齊國故城博物館。

【字數】2。

【器影】

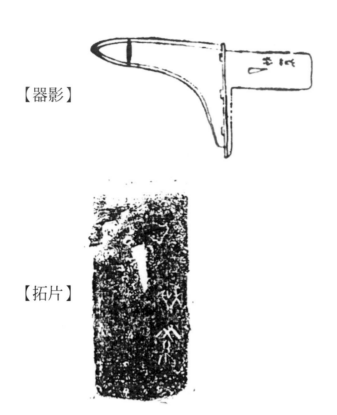

【拓片】

【釋文】武桼。

1014. 蒙戈

【出土】1982 年山東沂水縣文物管理站在土產公司廢品站揀選。

【時代】戰國時期。

【著錄】考古 1983 年 9 期 849 頁圖 1.2，近出 1086，新收 1495，山東成 866，圖像集成 16300。

【現藏】沂水縣博物館。

【字數】1。

【器影】

【拓片】

【釋文】蒙。

1015. 陳塦散戈

【出土】山東。

【時代】戰國時期。

【著錄】三代 19.34.1，筠清 5.32，攈古 1 之 2.84.2，綴遺 30.23.1，小校 10.34.2，山東存齊 25.3，集成 11036，總集 7385，山東成 831，圖像集成 16643。

【字數】4。

【器影】

【拓片】

【釋文】陛（陳）塦篏（散）鉂（戈）。

1016. 陳窰散戈

【出土】二十世紀八十年代初山東臨淄皇城鎮。

【時代】戰國時期。

【著錄】山東成 832，圖像集成 16644。

【字數】4。

【器影】

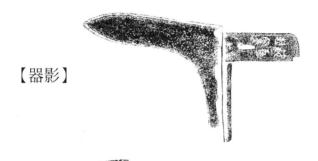

【拓片】

【釋文】陜（陳）窰筱（散）鈛（戈）。

1017. 陳窰散戈

【出土】二十世紀八十年代初山東臨淄皇城鎮。

【時代】戰國時期。

【著錄】山東成 833，圖像集成 16645。

【現藏】山東省文物考古研究所臨淄工作站。

【字數】4。

【器影】

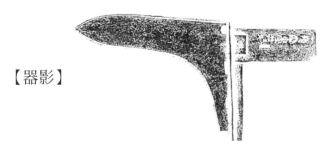

【拓片】

【釋文】陞（陳）窆箳（散）鈛（戈）。

1018. 蓏造戈

【出土】器出齊地（綴遺）。

【時代】戰國時期。

【著錄】三代 19.29.3，綴遺 30.26.2，奇觚 10.9.2，周金 6.42.2，集成 10962，總集 7330，山東成 800.2，圖像集成 16530。

【字數】3。

【拓本】

【釋文】蓏戠（造）戈。

傳世戈

1019. 奐戈

【出土】河南安陽。

【時代】商。

【著錄】山東成 754，集成 10647，總集 7245，三代 19.14.3，鄴初上 42，
　　　　國史金 2520，圖像集成 16042。

【現藏】北京故宮博物院。

【字數】1。

【器影】

【拓片】

【釋文】夨。

1020. 吹戈（戈）

【時代】商代晚期。

【著錄】山東成 755，考古 1994 年 9 期 859 頁圖 1.1，新收 1534，近出
　　　　1065，新出 1195，圖像集成 16197。

【現藏】濟南市博物館。

【字數】1。

【器影】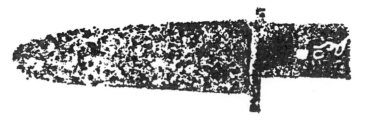

【拓片】

【釋文】。

1021. 戈

【時代】商代晚期。

【著錄】山東成 756，考古 1994 年 9 期 859 頁圖一·2。

【現藏】濟南市博物館。

【字數】1。

【拓片】

【釋文】。

1022. 戈

【時代】商代晚期。

【著錄】考古 1994 年 9 期 859 頁，山東成 757，新收 1533，近出 1066，
　　　　新出 1196，圖像集成 16198。

【現藏】濟南市博物館。

【字數】1。

【器影】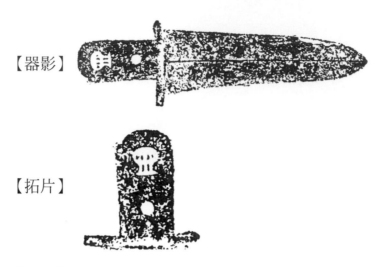

【拓片】

【釋文】 ⊕。

1023. 屮戈

【時代】商代晚期。

【著錄】山東成 758，近出 1063，文物 1992 年 11 期 89 頁圖 14，新收
　　　　1549，新出 1192，圖像集成 16131。

【現藏】濟寧市博物館。

【字數】1。

【器影】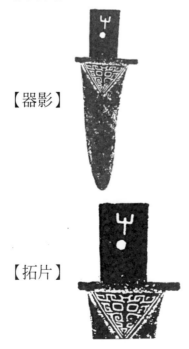

【拓片】

【釋文】屮。

1024. 高陽戈

【時代】西周。

【著錄】山東成 764，山左 2.6，金索 2.10.1，濟州 1.18.2

【字數】3。

【拓片】

【釋文】高陽左。

1025. 高陽戈

【時代】西周。

【著錄】山東成 765，金索 2.10.2。

【字數】3。

【拓片】

【釋文】高陽左。

1026. 廿四年邨陰令戈

【時代】戰國晚期。

【著錄】集成 11356，總集 7542，海岱 182.116，三代 20.26.1，積古 9.5.2，
金索 96，攈古 2.2.21.3，周金 6.5.1，小校 10.56.1，鬱華 462.2，國
史金 2692，山東成 766，圖像集成 17233。

【字數】15。

【器影】

【拓片】

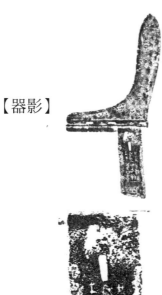

【摹本】

【釋文】廿三（四）年，邨陰（陰）命（令）口爲，右庫工帀（師）覓，
坓（冶）豎。

1027. 相公子矰戈

【時代】戰國晚期。

【著錄】山東成 767，集成 11285，綴遺 30.15.2，圖像集成 17127。

【字數】9。

【拓片】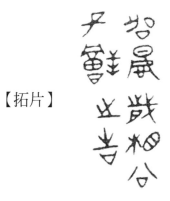

【釋文】𢆶𢆶戱（歲），相公子矰之告（造）。

1028. 衛公孫戈

【時代】春秋早期。

【著錄】山東成 774，集成 11200，總集 7475，三代 19.48.2，積古 8.13.1，金索 110.2，攈古 2.1.18.1，綴遺 30.17.2，周金 6.19.1，小校 10.45.1，圖像集成 17054。

【字數】7。

【拓片】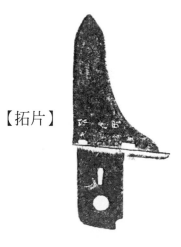

【摹本】

【釋文】衛公孫□之告（造）戈。

1029. 利戈

【時代】春秋晚期。

【著錄】山東成 776，集成 10812，圖像集成 16288。

【現藏】山東省博物館。

【字數】1。

【拓片】

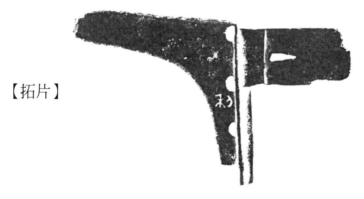

【釋文】利。

1030. 陳散戈

【時代】春秋晚期。

【著錄】山東成 777，集成 10963，總集 7363，三代 19.30.2，綴遺 30.21.2，
奇觚 10.13.2，周金 6.47.2，簠齋 4 古兵，小校 10.20.1，鬱華 429，
圖像集成 16511。

【字數】3。

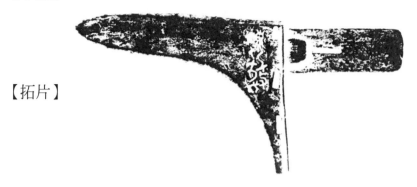

【拓片】

【釋文】陳篍（散）戈。

1031. 陳塚邑戈

【時代】春秋晚期。

【著錄】山東成 778，集成 10964，總集 7369，三代 19.33.2，奇觚 10.11.1，
小校 10.23.2，山東存齊 25.4，周金 6.40.2，圖像集成 16513。

【字數】3。

【拓片】

【釋文】陳匋（塚）邑。

1032. 武城戈

【時代】春秋晚期。

【著錄】山東成 781，集成 11025，圖像集成 16613。

【現藏】山東省博物館。

【字數】4。

【拓片】

【釋文】武城建錢（戈）。

1033. 闔丘虞鵮造戈

【時代】春秋晚期。

【著錄】山東成 782，集成 11073，總集 7416，三代 19.38.3，貞松 11.27.2，
貞圖中 60，山東存莒 3.2，考古 1962 年 5 期 266 頁圖 3，國史金
2605，圖像集成 16788。

【現藏】旅順博物館。

【字數】5。

【器影】

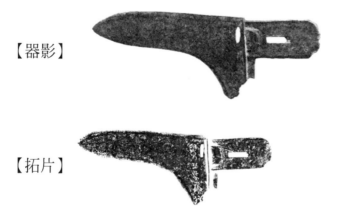

【拓片】

【釋文】闔丘虞鵮徒（造）。

1034. 陳⿰造戈（陳卯造戈）

【時代】春秋晚期。

【著錄】山東成 783，集成 11034，總集 7384，三代 19.33.3，貞松 11.26.1，
貞圖中 58，國史金 2588，圖像集成 16637。

【字數】4。

【拓片】

【釋文】陳﹝﹞鋯（造）戔（戈）。

1035. 陳子戈

【時代】春秋晚期。

【著錄】山東成 784，集成 11084，總集 7433，三代 20.12.2，貞松 12.2.1，
小校 10.39.3，國史金 2651，圖像集成 16774。

【現藏】旅順博物館。

【字數】5。

【器影】

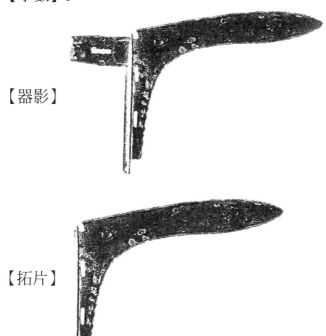

【拓片】

【釋文】䣢（陳）子山徒戈（戟）。

1036. 王子安戈

【時代】春秋晚期。

【著錄】山東成 787，集成 11122，考古 1980 年 1 期 38 頁圖 7.1，圖像集成 16845。

【現藏】山東省博物館。

【字數】6。

【拓片】
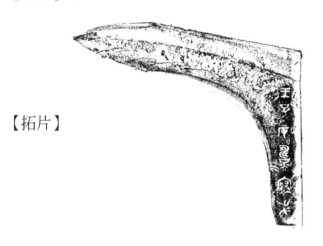

【釋文】王子瓬（安）鬲（鑄）寢（寢）戈。

1037. 右買戈

【時代】春秋晚期.

【著錄】山東成 789，集成 11075，總集 7431，三代 20.12.1，柊林 28，貞松 12.2.3，圖像集成 16727。

【現藏】山東省博物館。

【字數】5。

【器影】

【拓片】

【釋文】右買之用戈。

1038. 辜于公戈（淳于公戈）

【時代】春秋晚期。

【著錄】山東成 792，集成 11125，總集 7468，三代 20.14.1，貞松 12.3，
雙吉下 30，山東存鑄 5.2，國史金 2661，圖像集成 16852。

【現藏】北京故宮博物院。

【字數】6。

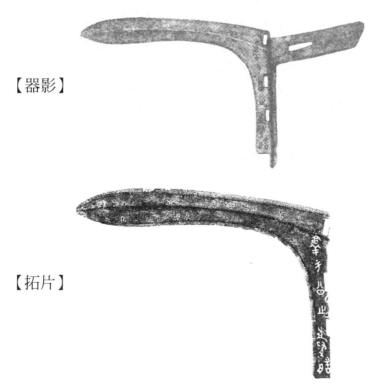

【器影】

【拓片】

【釋文】辜于公之喬舴（造）。

1039. 滕司徒戈

【時代】春秋晚期。

【著錄】山東成 793，集成 11205，總集 7492，錄遺 577，圖像集成 16854。

【現藏】山東省博物館。

【字數】6。

【器影】

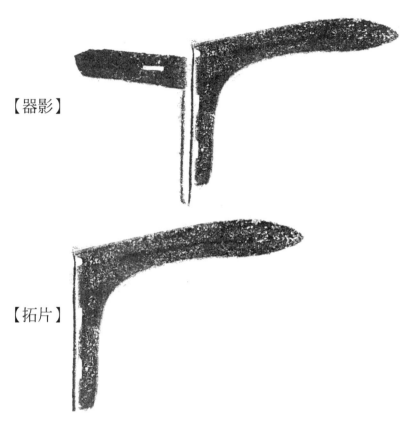

【拓片】

【釋文】媵（滕）司徒□之戈。

1040. 郳大司馬戈

【時代】春秋晚期。

【著錄】山東成 794，集成 11206，總集 7491，三代 20.19.2，積古 8.16.1，
金索 90.1，攈古 2.1.30.3，周金 6.14.2，山東存郳 15.2，銘文選 832，
圖像集成 17056。

【現藏】遼寧省博物館。

【字數】7。

【器影】

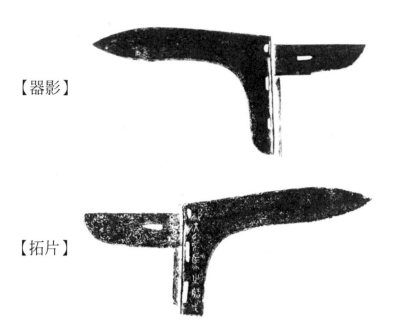

【拓片】

【釋文】郑大嗣（司）馬之艁（造）戈。

1041. 觅右工戈（是立事歲戈）

【時代】春秋晚期。

【著錄】山東成 795，集成 11259，總集 7496，三代 19.49.2，貞圖中 62，
山東存齊 22.2，國史金 2624，圖像集成 17084。

【現藏】旅順市博物館。

【字數】8。

【拓片】

【釋文】是立事歲，觅右工銭（戈）。

1042. 滕侯昊戈

【時代】春秋晚期。

【著錄】山東成 798，集成 11018，銘文選 807，圖像集成 16754。

【現藏】上海博物館。

【字數】存 4。

【拓片】

【釋文】塍（滕）厌（侯）昊之。

1043. 薛戈

【時代】春秋。

【著錄】山東成 802，集成 10817，總集 7302，三代 19.27.2，貞松 11.22.3，
國史金 2554，圖像集成 16274。

【字數】1。

【拓片】

【釋文】辥（薛）。

1044. 平阿戈

【時代】春秋。

【著錄】山東成 803，考古 1994 年 9 期 859 頁圖 1．11，新收 1547，近出 1151，圖像集成 16778。

【現藏】濟南市博物館。

【字數】5。

【器影】

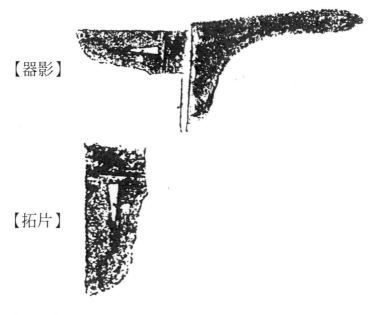

【拓片】

【釋文】平阿□□□。

1045. 高密戈

【時代】春秋。

【著錄】山東成 804，集成 11023，總集 7389，三代 19.35.1，綴遺 30.19.1，奇觚 10.16.1，周金 6.32.2，簠齋 4 古兵，鬱華 426，圖像集成 16611。

【字數】4。

【拓片】

【釋文】高宻（密）䜈（造）戈。

1046. 高密戈

【時代】春秋。

【著錄】山東成 805，集成 10972，陶齋 3.44，周金 6.45.2，圖像集成 16516。

【字數】3。

【器影】

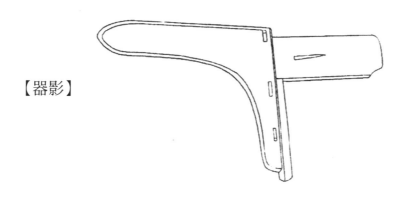

【拓片】

【釋文】高窑（密）戈。

1047. □司馬戈

【時代】春秋。

【著錄】山東成 806，集成 11016，總集 7354，三代 20.6.2，夢郭中 6，山東存郳 15.3，國史金 2646，圖像集成 16658。

【字數】存 4。

【拓片】

【釋文】□□嗣（司）馬。

1048. 子備璋戈

【時代】春秋早期。

【著錄】山東成 807，近出 1140，考古 1994 年 9 期 859 頁圖 1．4，新收 1540 ，新出 1285，圖像集成 16691。

【現藏】濟南市博物館。

【字數】4。

【拓片】

【摹本】

【釋文】子備璋戈。

1049. 邾太師戈

【時代】春秋。

【著錄】山東成 809，金索 2.7.1。

【字數】存 6。

【拓片】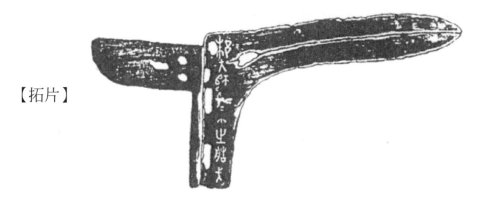

【釋文】邾太師口口之造戈。

1050. 無鹽右戈

【時代】春秋。

【著錄】山東成 810，考古 1994 年 9 期 859 頁圖 1・7，近出 1121，新收 1538，圖像集成 16569。

【現藏】濟南市博物館。

【字數】4。

【器影】

【拓片】

【釋文】亡（無）鹽右。

1051. 作濫右戈

【時代】戰國早期。

【著錄】山東成 811，集成 10975，總集 7364，三代 19.31.4，綴遺 30.19.2，
奇觚 10.10.1，周金 6.39.2，簠齋 4 古兵，山東存齊 26.1，鬱華
459，圖像集成 16568。

【字數】3。

【器影】

【拓片】

【釋文】乍（作）濫右。

1052. 工城戈

【時代】戰國早期。

【著錄】山東成 818，集成 11211，文叢 7 輯 79 頁圖 2，圖像集成 16965。

【現藏】青州市博物館。

【字數】8。

【器影】

【拓片】

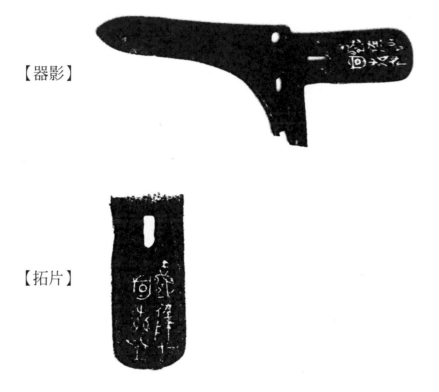

【釋文】工城佐阵冶昌朏（茆）釜（戈）。

1053. 車大夫長畫戈（長畫戈／張畫戟）

【時代】戰國晚期。

【著錄】山東成 820，集成 11061，文物 1987 年 1 期 44 頁圖二、三，總集
　　　　7393，三代 19.36.2，奇觚 10.28.1，周金 6.34.2，小校 10.35.3-36.1，
　　　　圖像集成 16742。

【字數】5。

【器影】

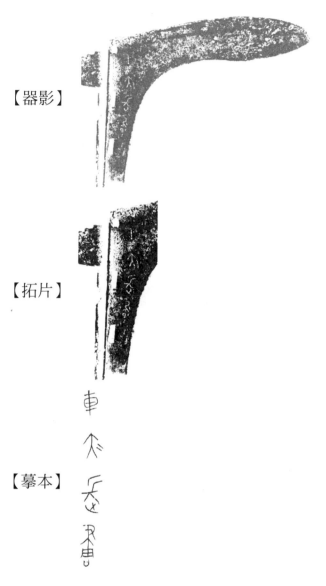

【拓片】

【摹本】

【釋文】車大夫垦（長）畫。

1054. 陳子戈

【出土】陝西鳳翔。

【時代】戰國。

【著錄】山東成823，總集7414，集成11038，三代20.10.2，雙吉下29，
　　　　國史金2649，圖像集成16646。

【現藏】中國國家博物館。

【字數】4。

【器影】

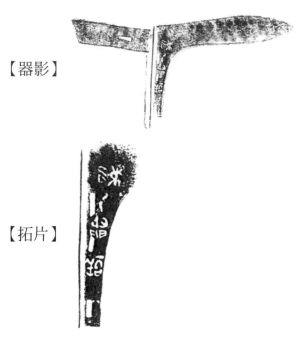

【拓片】

【釋文】陳子敦🔲。

1055. 陳戈

【時代】戰國。

【著錄】山東成 825，集成 10816，圖像集成 16299。

【現藏】首都師範大學歷史博物館。

【字數】1。

【器影】

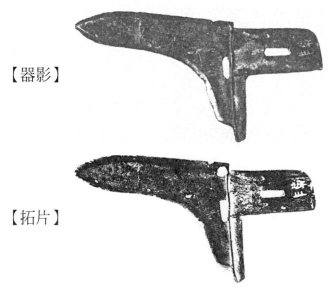

【拓片】

【釋文】墬（陳）。

1056. 陳戈

【時代】不詳。

【著錄】山東成 826，總集 7412，彙編 868。

【字數】2。

【拓片】

【釋文】陳戈。

1057. 陳貝散戈

【時代】戰國。

【著錄】山東成 828，集成 11033，總集 7386，總集 7387，三代 19.34.2，
綴遺 30.22.1，奇觚 10.15.1，周金 6.30.1，簠齋 4 古兵，貞圖中 59，
小校 10.34.1-2，山東存齊 25.1，鬱華 455，圖像集成 16636。

【現藏】旅順博物館。

【字數】4。

【器影】

【拓片】

【釋文】陛（陳）貝篏（散）盉（戈）。

1058. 陳麗子戈

【時代】戰國。

【著錄】山東成 829，集成 11082，總集 7418，三代 19.39.2，綴遺 30.21.1，
奇觚 10.18.2，周金 6.28.2，簠齋 4 古兵，小校 10.39.1-2，鬱華 453.2，
圖像集成 16773。

【現藏】北京故宮博物館。

【字數】5。

【拓片】

【釋文】陳麗子窹（造）戔（戈）。

1059. 陳余戈

【時代】戰國。

【著錄】山東成 830，集成 11035，總集 7399，筠清 5.33.1，綴遺 30.23.2，
攈古 1.2.84.3，小校 10.34.4，鬱華 456.2，圖像集成 16638。

【字數】4。

【器影】

【拓片】

【釋文】陞（陳）余造戔（戈）。

1060. 陳御寇戈

【時代】戰國。

【著錄】山東成 834，集成 11083，貞松 11.27.3，鬱華 458.3，國史金 2598，圖像集成 16777。

【現藏】上海博物館。

【字數】5。

【拓片】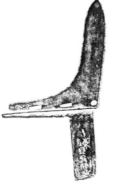

【釋文】陳御寇散□。

1061. 陳車戈

【時代】戰國。

【著錄】山東成 835，集成 11037。

【現藏】上海博物館。

【字數】4。

【拓片】

【釋文】陞（陳）車戈。

1062. □御戈

【時代】戰國。

【著錄】山東成 836，集成 11108，文物 1986 年 3 期 40 頁圖 25・26。

【現藏】濰坊市博物館。

【字數】6（合文 1）。

【拓片】

【釋文】□御戈五百。

1063. 作用戈

【時代】戰國。

【著錄】山東成 836，集成 11107，文物 1986 年 3 期 40 頁圖 28，圖像集
成 16736。

【現藏】濰坊市博物館。

【字數】5。

【器影】

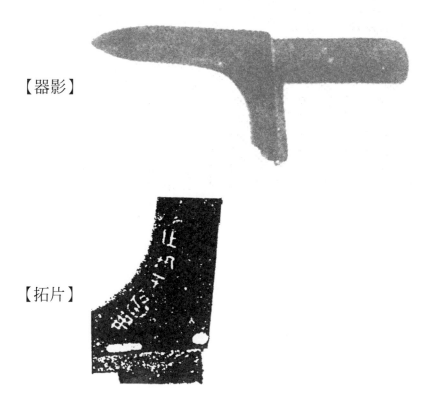

【拓片】

【釋文】乍（作）用于昌□。

1064. 陳子翼戈

【時代】戰國。

【著錄】山東成 837，集成 11087，總集 7413，三代 20.10.1，周金 6.26.2，
小校 10.39.4，山東存齊 25.2，國史金 2654，圖像集成 16776。

【字數】5。

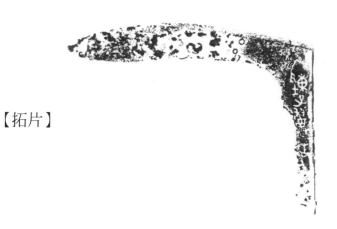

【拓片】

【釋文】陸（陳）子翼造戈。

1065. 陳胎戈

【時代】戰國。

【著錄】山東成 839，集成 11127，文丛 7 期 79 頁圖 1，圖像集成 16816。

【現藏】青州市博物館。

【字數】6。

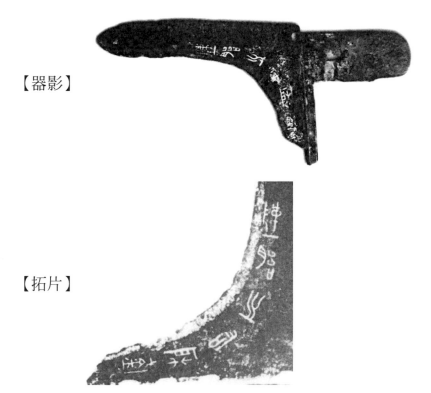

【器影】

【拓片】

【釋文】陸（陳）胎之右床戋（戈）。

1066. 陳侯因咨戈

【時代】戰國中期。

【著錄】山東成 840，集成 11260，總集 7435，三代 20.13.2，銘文選 867，
綴遺 30.25，奇觚 10.23.1，周金 6.133（稱刀），山東存齊 20.1，
辭典 935，鬱華 458.1，圖像集成 16887。

【現藏】上海博物館。

【字數】8。

【器影】

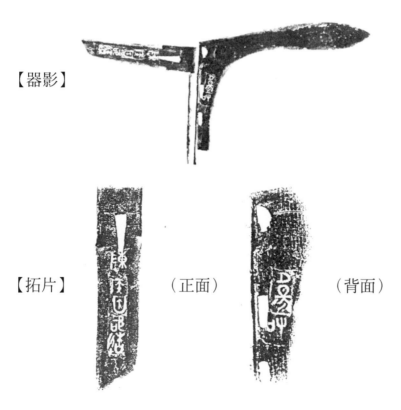

【拓片】 （正面） （背面）

【釋文】陳厌（侯）因咨造。㝵右。

1067. 陳侯因脊戈（陳侯因齊戈）

【時代】戰國中期。

【著錄】山東成 841，集成 11081，總集 7434，三代 20.13.1，山東存齋
20.2，奇觚 10.23，圖像集成 16889。

【字數】5。

【拓片】

【釋文】陸（陳）厌（侯）因脊錯（造）。

1068. 陳侯因脊戈（陳侯因齊戈）

【時代】戰國中期。

【著錄】山東成 841，集成 11129，奇觚 10.23.2，圖像集成 16890。

【字數】6。

【拓片】

【釋文】陸（陳）厌（侯）因脊之造。

1069. 即墨華戈

【時代】戰國。

【著錄】山東 842，集成 11160，圖像集成 16859。

【現藏】北京故宮博物院。

【字數】6。

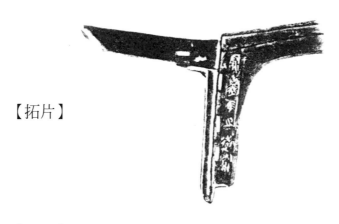

【拓片】

【釋文】即墨華之御用。

1070. 公戈

【時代】戰國早期。

【著錄】山東成 843，考古 1994 年 9 期 859 頁圖 1‧10，新收 1537，近出 1108，新出 1235，圖像集成 16406。

【現藏】濟南市博物館。

【字數】2。

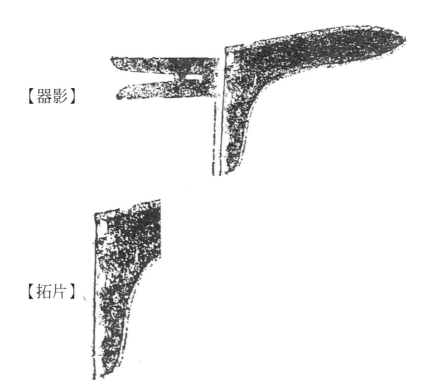

【器影】

【拓片】

【釋文】公戈。

1071. 右建戈

【時代】戰國晚期。

【著錄】山東成 844，考古 1994 年 9 期 860 頁圖 2‧5，新收 1545，近出 1104，新出 1228，圖像集成 16463。

【現藏】濟南市博物館。

【字數】2。

【器影】

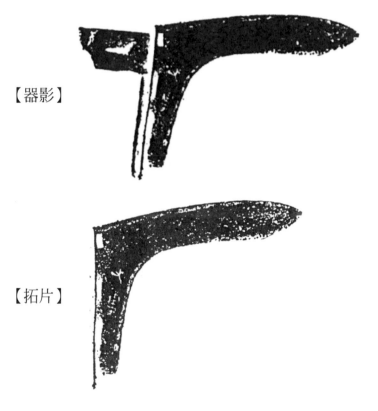

【拓片】

【釋文】又（右）建。

1072. 左戈

【時代】戰國早期。

【著錄】山東成 845，考古 1994 年 9 期 859 頁圖 1.5，新收 1536 ，近出 1083，新出 1201，圖像集成 16302。

【現藏】濟南市博物館。

【字數】1。

【拓片】

【釋文】左。

1073. 攻反戈

【時代】春秋晚期。

【著錄】山東成 847，文物 1992 年 11 期 87～91 頁，新收 1550，近出
1110，新出 1247，圖像集成 16492。

【現藏】濟寧市博物館。

【字數】3。

【器影】

【拓片】

【釋文】攻反。罙。

1074. □□造戈

【時代】戰國早期。

【著錄】山東成 848，考古 1994 年 9 期 859 頁圖 1.6，新收 1539，近出 1141，新出 1284。

【現藏】濟南市博物館。

【字數】4。

【器影】

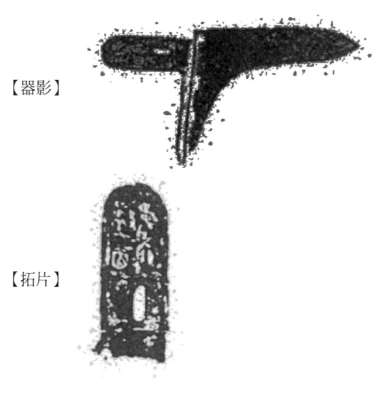

【拓片】

【釋文】□□造戈。

1075. 陳爾徒戈

【時代】戰國早期。

【著錄】山東成 849，文物 1993 年 4 期 94 頁圖 1.3，新收 1499，近出 1139，新出 1273，圖像集成 16512。

【現藏】乳山縣文物管理所。

【字數】3。

【拓片】

【釋文】陳爾徒。

1076. 汶陽右□戈（汶陽右庫戈）

【時代】戰國早期。

【著錄】山東成 850，文物 1993 年 4 期 94 頁圖 1‧4、圖 4，新收 1498，
近出 1138，新出 1274，圖像集成 16700。

【現藏】乳山縣文物管理所。

【字數】4。

【器影】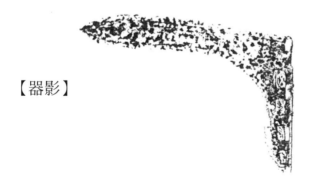

【拓片】

【釋文】汶陽右戋（戟）。

1077. 齊虔造戈

【時代】戰國。

【著錄】山東成 856，集成 10989，總集 7381，錄遺 572。

【現藏】北京故宮博物院。

【字數】3。

【拓片】

【釋文】䶒（齊）虘（虔）䣙（造）。

1078. 陳卿聖孟戈

【時代】戰國。

【著錄】山東成 860，集成 11128，圖像集成 16911。

【字數】6。

【拓片】

【釋文】陸（陳）卿聖孟造錢（戈）。

1079. 左戈

【時代】戰國。

【著錄】山東成 865。

【現藏】青州市博物館。

【字數】4。

【器影】

【拓片】

【釋文】左戈。

1080. 莒戈（簹戈）

【時代】戰國。

【著錄】山東成 869，圖像集成 16604。

【現藏】蒙陰縣圖書館。

【字數】2。

【器影】

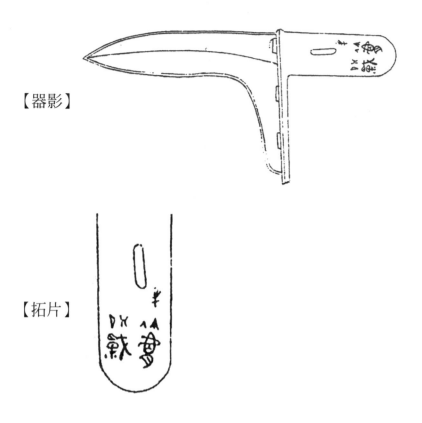

【拓片】

【釋文】籫𢦏（戟）。

三十、戟

1081. 十年洱令張疋戟（十年洱陽令戈／十年洱陽令戟）

【出土】1981 年山東莒縣城陽鎮桃源村莒縣故城。

【時代】戰國晚期。

【著錄】文物 1990 年 7 期 40 頁圖 4，近出 1195，新收 1090，山東成
870.1，圖像集成 17353。

【現藏】莒縣博物館。

【字數】22（合文 1）。

【器影】

【拓片】

【釋文】十年，洱陽倫（令）長疋，司寇鬵（粵－平）相，左庫帀（工師）重（董）棠，坣（冶）明乘釘（鑄）旗（戟）。

1082. 邨左戟（垣左戟）

【出土】1987 年春山東棲霞縣（今棲霞市）唐家泊鎮石門口村。

【時代】戰國。

【著錄】文物 1995 年 7 期 77 頁圖 4，近出 1168（戰國前期），新收 1097（戰國），山東成 815.2（戰國 878 重出），圖像集成 17071（戰國晚期），海岱 37.63。

【現藏】棲霞市文物管理所。

【字數】8。

【器影】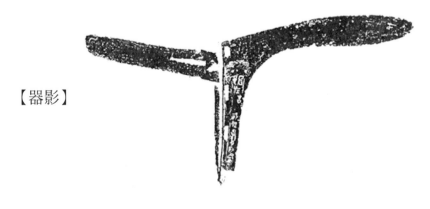

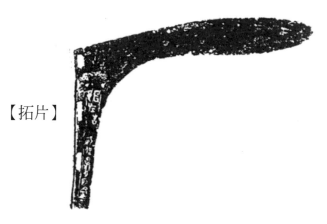

【拓片】

【釋文】邿左告（造）戠（戟），佀（冶）脜所□。

1083. 犅藿戟

【出土】1991 年 1 月山東平陰縣洪範鎮。

【時代】戰國晚期。

【著錄】文物 1994 年 4 期 52 頁圖 2，近出 1131，新收 1028，山東成 861，
圖像集成 16657。

【字數】4。

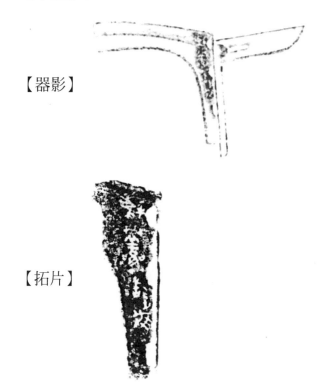

【器影】

【拓片】

【釋文】犅藿造戠（戟）。

1084. 陳戠戟

【出土】20 世紀 70 年代山東威海市。

【時代】戰國晚期。

【著錄】古研 19 輯 83 頁圖 7.6，海岱 37.92，圖像集成 16514。

【現藏】威海市文物部門。

【字數】3。

【拓本】

【釋文】陸（陳）戠戔（戟）。

1085. 平阿左戟

【出土】1977 年山東蒙陰縣高都公社唐家峪。

【時代】戰國時期。

【著錄】文物 1979 年 4 期 25 頁圖 3，文物 1998 年 11 期 94 頁圖 3.1，集
成 11158，總集 7592，山東成 816（868 重出），圖像集成 16858。

【現藏】蒙陰縣文物管理所。

【字數】6。

【器影】

【拓片】

【釋文】平阿左造徒𢧜（戟）。

1086. 平阿左戟

【出土】二十世紀九十年代初山東即墨市店集鎮重疃村。

【時代】戰國晚期。

【著錄】文物 2002 年 5 期 95 頁圖 2，新收 1030，圖像集成 16779。

【現藏】煙台市博物館。

【字數】5。

【器影】

【拓片】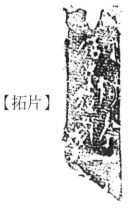

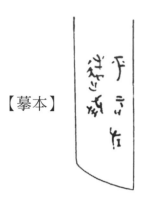

【摹本】

【釋文】平阿左造徒栽（戟）。

1087. 平阿右戟

【出土】山東濟南市近郊及轄縣。

【時代】戰國時期。

【著錄】考古 1994 年 9 期 860 頁圖 2.4，近出 1150，新收 1542，山東成 874，圖像集成 16781。

【現藏】濟南市博物館。

【字數】5。

【器影】

【拓片】

【釋文】平埅（阿）右造栽（戟）。

1088. 子壴徒戟（徒戟）

【出土】山東濟南市近郊及轄縣。

【時代】戰國時期。

【著錄】考古 1994 年 9 期 860 頁圖 2.3，近出 1132，新收 1541，山東成
　　　　876，圖像集成 16634。

【現藏】濟南市博物館。

【字數】4。

【器影】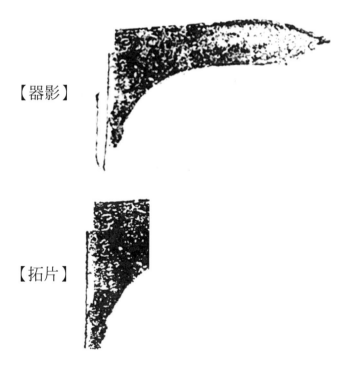

【拓片】

【釋文】子□徒戈（戟）。

1089. 黃戟

【出土】山東濟南市近郊及轄縣。

【時代】戰國時期。

【著錄】考古 1994 年 9 期 860 頁圖 2.1，近出 1101，新收 1546，山東成
　　　　875，圖像集成 16425。

【現藏】濟南市博物館。

【字數】2。

【器影】

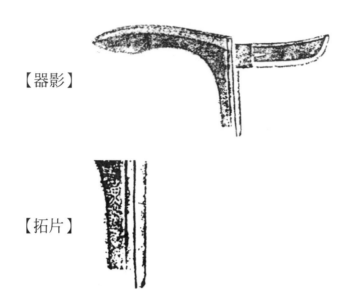

【拓片】

【釋文】黃戋（戟）。

1090. 膚丘子戟（莒丘子戟）

【出土】山東濟南市近郊及轄縣。

【時代】戰國時期。

【著錄】考古 1994 年 9 期 860 頁圖 2.2，近出 1153，新收 1543，山東成
877，圖像集成 16782。

【字數】5。

【器影】

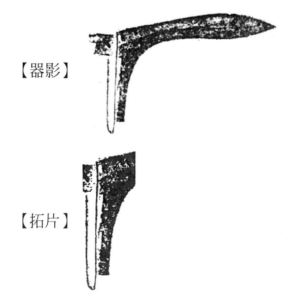

【拓片】

【釋文】膚（臚—閭）丘子造鈛（戟）。

傳世戟

1091. 陳旺戟

【時代】戰國晚期。

【著錄】山東成 858，集成 11251，總集 7505，考古 1973 年 6 期 373 頁圖
2.3，錄遺 578，圖像集成 17069。

【字數】8（合文 1）。

【器影】

【拓片】

【摹本】

【釋文】墜（陳）旺（旺）之歲，寺廥（府）之戠（戟）。

1092. 武城戟

【時代】春秋。

【著錄】山東成 873，集成 10967，圖像集成 16520。

【字數】3。

【拓片】

【釋文】武城□戈（戟）。

1093. 平阿戟

【時代】戰國晚期。

【著錄】山東成 874，考古 1994 年 9 期 860 頁圖 2.4，近出 1150，新收 1542，新出 1303，圖像集成 16781。

【現藏】濟南市博物館。

【字數】5。

【器影】

【拓片】

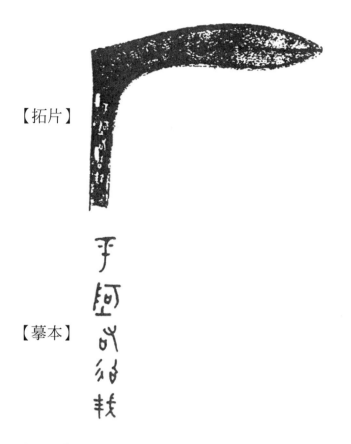

【摹本】

【釋文】平陲（阿）右造𢧢（戟）。

1094. 黃戟

【時代】戰國晚期。

【著錄】山東成 875，考古 1994 年 9 期 860 頁，新收 1546，近出 1101，
　　　　新出 1229，圖像集成 16425。

【現藏】濟南市博物館。

【字數】2。

【器影】

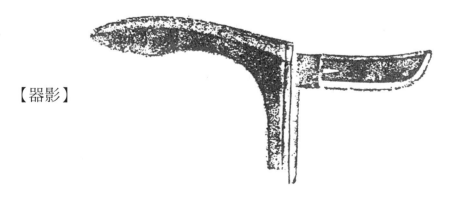

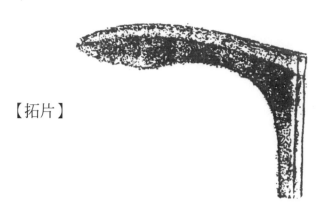

【拓片】

【釋文】黄戈（戟）。

1095. 徒戟（子壹戟）

【時代】戰國晚期。

【著錄】山東成 876，考古 1994 年 9 期 860 頁圖 2.3，新收 1541，近出
1132，新出 1283，圖像集成 16634。

【現藏】濟南市博物館。

【字數】4。

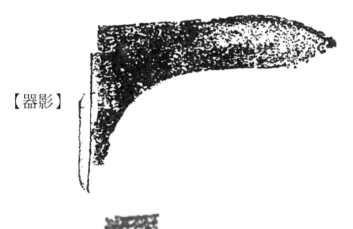

【器影】

【拓片】

【摹本】

【釋文】子□徒栽（戟）。

1096. 膚丘子戟（莒丘子戟）

【時代】戰國晚期。

【著錄】山東成 877，新收 1543，考古 1994 年 9 期 860 頁圖 2.2，近出 1153，
新出 1304，圖像集成 16782。

【現藏】濟南市博物館。

【字數】5。

【器影】

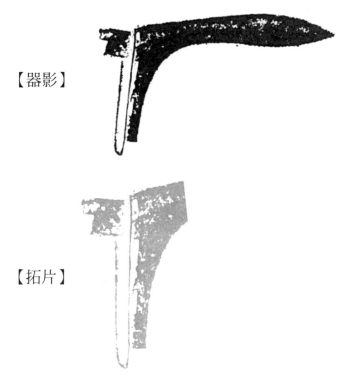

【拓片】

【釋文】膚丘子造鈛（戟）。

三十一、矛

1097. 亞醜矛（亞丑矛）

【出土】民國十九年（1930 年）山東益都縣蘇埠屯（山東存）。

【時代】商代晚期。

【著錄】三代 20.29.2，貞松 12.11.1，雙吉下 38，續殷下 88.2，山東存下
　　　　13.1，集成 11438，總集 7597，山東成 879，圖像集成 17544。

【字數】2。

【器影】

【拓片】

【釋文】亞{醜}。

1098. 亞醜矛（亞丑矛）

【出土】民國十九年（1930 年）山東益都縣蘇埠屯（山東存）。

【時代】商代晚期。

【著錄】三代 20.30.1，善齋 10.45，續殷下 88.1，山東存下 13.2，集成
　　　　11439，總集 7598，山東成 880，圖像集成 17545。

【字數】2。

【拓片】

【摹本】

【釋文】亞{醜}。

1099. 亞醜矛（亞丑矛）

【出土】民國十九年（1930 年）山東益都縣蘇埠屯（山東存）。

【時代】商代晚期。

【著錄】三代 20.30.2，貞松 12.12.1，續殷下 88.6，山東存下 13.6，集成
11440，總集 7599，山東成 881，圖像集成 17546。

【字數】2。

【器影】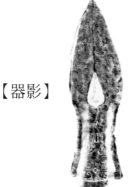

【拓片】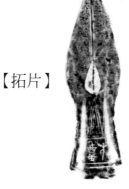

【釋文】亞{醜}。

1100. 亞醜矛（亞丑矛）

【出土】民國十九年（1930 年）山東益都縣蘇埠屯（山東存）。

【時代】商代晚期。

【著錄】三代 20.31.1，續殷下 88.4，小校 10.69.4，山東存下 13.4，集成
11441，總集 7600，山東成 882，圖像集成 17547。

【字數】2。

【器影】

【拓片】

【釋文】亞{醜}。

1101. 亞醜矛（亞丑矛）

【出土】民國十九年（1930年）山東益都縣蘇埠屯（山東存）。

【時代】商代晚期。

【著錄】續殷下88.5，山東存下13.5，集成11442，總集7602，辭典242，
山東成884，圖像集成17548。

【現藏】上海博物館。

【字數】2。

【器影】

【拓片】

【釋文】亞{醜}。

1102. 亞醜矛（亞丑矛）

【出土】民國十九年（1930 年）山東益都縣蘇埠屯（山東存）。

【時代】商代晚期。

【著錄】三代 20.31.2，貞松 12.11.2，續殷下 88.3，山東存下 13.3，集成
11443，總集 7601，國史金 2725，山東成 883，圖像集成 17543。

【字數】2。

【拓片】

【釋文】亞{醜}。

1103. 燕侯職矛（郾侯職矛）

【出土】山東濟南市南郊柳埠鎮。

【時代】戰國晚期。

【著錄】故宮文物 1996 年總 154 期 124 頁圖 1，新收 1153，圖像集成
17626。

【現藏】濟南市博物館。

【字數】3。

【拓片】

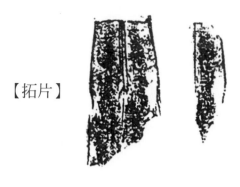

【釋文】郾（燕）厌（侯）職。

傳世矛

1104. 元年閏矛

【時代】戰國晚期。

【著錄】山東成 887，近出 1211，新收 1544，新出 1433，文物 1987 年 11
期 88 頁，圖像集成 17668。

【現藏】濟南市博物館。

【字數】10。

【器影】

【拓片】

【釋文】元年閏再十二月丙丁。□。

1105. 亞醜矛

【時代】不詳。

【著錄】山東成 885，總集 7603，周金 6.89 下。

【字數】2。

【拓片】

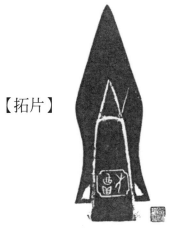

【釋文】亞{醜}。

1106. 亞醜矛

【時代】不詳。

【著錄】山東成 886，總集 7604，癡盦藏金續 37。

【字數】2。

【拓片】

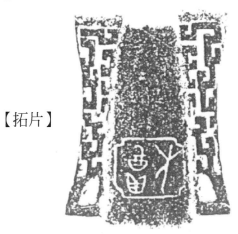

【釋文】亞{醜}。

1107. 亞醜矛

【時代】不詳。

【著錄】山東成 886，總集 7605，周金 6.89 上。

【字數】2。

【拓片】

【釋文】亞{醜}。

三十二、劍

1108. 工盧王劍（攻吳王劍）

【出土】1983 年 1 月山東沂水縣諸葛公社略疃村春秋墓葬。

【時代】春秋晚期。

【著錄】文物 1983 年 12 期 12 頁圖 2，集成 11665，吳越文 044，山東成 896，圖像集成 17998。

【現藏】沂水縣博物館。

【字數】16。

【器影】

【拓片】

【摹本】

【釋文】工虘王乍（作）元巳（祀）用鎓（劍），其江之台，北南西行。

1109. 攻敔王姑發者反之子通劍

【出土】2003 年春山東新泰市周家莊東周墓。

【時代】春秋晚期。

【著錄】中國歷史文物 2004 年 5 期圖版 6，新收 1111，圖像集成 17999。

【現藏】山東省文物考古研究所。

【字數】14。

【器影】

【拓片】

【釋文】攻鼓（敔）王姑發者反之子通自乍（作）元用。

1110. 攻敔王夫差劍（攻吳王夫差劍）

【出土】1991 年 4 月山東鄒縣（今鄒城市）城關鎮朱山莊村北。

【時代】春秋晚期。

【著錄】文物 1993 年 8 期 73 頁圖 4、5，吳越文 080，近出 1226，新收 1116，山東成 895，圖像集成 17938。

【現藏】鄒城市文物管理委員會。

【字數】10。

【器影】

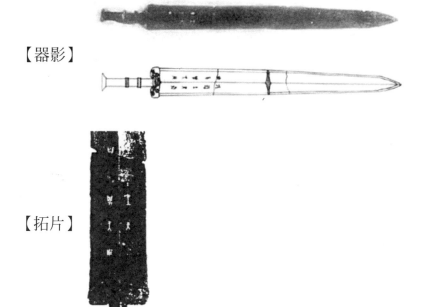

【拓片】

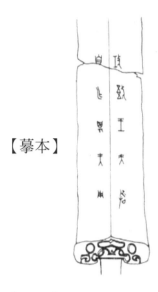

【摹本】

【釋文】攻敔（敔）王夫差自乍（作）其元用。

1111. 攻敔王夫差劍（攻吳王夫差劍）

【出土】1965 年山東平度縣廢品收購站揀選。

【時代】春秋晚期。

【著錄】銘文選 2.544 乙，吳越文 077，新收 1523，圖像集成 17941。

【現藏】山東省博物館。

【字數】10。

【拓片】

【摹本】

【釋文】攻敔王夫差自乍（作）其元用。

1112. 越王劍

【出土】傳山東淄博市。

【時代】春秋晚期。

【著錄】山東成 898，圖像集成 17868。

【現藏】山東淄博某氏。

【字數】8。

【拓片】

【釋文】戉（越）王□□，[自乍（作）]用鐱（劍）。

1113. 燕王職劍（郾王職劍）

【出土】1997 年 7 月山東淄博市臨淄區齊都鎮龍貫村。

【時代】戰國晚期。

【著錄】考古 1998 年 6 期 83 頁圖 2，近出 1221，新收 1170，山東成
901，圖像集成 17923。

【現藏】淄博市臨淄齊故都博物館。

【字數】8。

【器影】

【拓片】

【摹本】

【釋文】郾（燕）王職乍（作）武□□鋁（劍）。

1114. 刀劍

【出土】1982 年沂水縣文物管理站從縣土產公司廢品收購組揀選。

【時代】戰國時期。

【著錄】考古 1983 年 9 期 849 頁圖 1.3-4，集成 11568，山東成 899，圖像
　　　　集成 17801。

【現藏】山東沂水市博物館。

【字數】1。

【拓片】

【釋文】刀。

1115. 永世取庫干劍

【出土】山東青州市城西區徵集。

【時代】戰國時期。

【著錄】文物報 1991 年 3 月 31 日 3 版，新收 1500，山東成 902，圖像集
　　　　成 17828。

【現藏】青州市博物館。

【字數】5。

【器影】

【拓片】

【釋文】羕（永）世取庫干。

1116. 十年廉相如劍（十年杢相如劍／十年鈹）

【出土】1966 年後山東莒南縣路鎮公社。

【時代】戰國時期。

【著錄】考古 1985 年 5 期 477 頁圖 2 左 476 頁圖 1.1、1.3，集成 11685，
山東成 904，圖像集成 18009。

【現藏】棗莊市博物館。

【字數】21（合文3）。

【器影】

【拓片】

【摹本】

【釋文】十年，旦嗇夫杢（諫－廉）相女（如），左旦工帀（師）旂（韓）
　　　　段，殆（冶）𡧛（尹）朝毄（報）齋。

傳世劍

1117. 乙戈劍

【時代】西周。

【著錄】山東成 893，金索 2.15.2，積古 8.18.3，濟州 1.21.1。

【字數】2。

【拓片】

【釋文】乙戈。

1118. 滕之不怀劍

【時代】春秋。

【著錄】山東成 894，集成 11608，總集 7686，三代 20.44.1，山東存滕
3，小校 10.97.2，貞松 12.18.3，國史金 2783.1，圖像集成 17852。

【字數】6。

【器影】

【拓片】

【摹本】

【釋文】媵（媵）之不怀□于。

1119. 鵬公劍

【時代】春秋晚期。

【著錄】山東成 897，集成 11651，總集 7718，三代 20.43.3〈下段〉、
20.45.3〈上段〉，貞圖中 74〈上段〉，貞松 12.19.2〈上段〉，
考古 1962 年 5 期 266 頁圖 1A，圖像集成 17966。

【現藏】山東省博物館（下段），吉林大學歷史系陳列室（上段）。

【字數】11。

【拓片】

【摹本】

【釋文】鵬公圖自乍（作）元鐵（劍），征匋（寶）用之。

1120. 刀劍

【時代】戰國。

【著錄】山東成 899，集成 11568，考古 1983 年 9 期 849 頁圖 1.3-4，圖像
集成 17801。

【現藏】山東沂水市博物館。

【字數】1。

【器影】

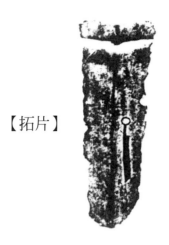

【拓片】

【釋文】刀。

1121. 陳□散劍

【時代】戰國。

【著錄】山東成 900，總集 7676，集成 11591，錄遺 588，圖像集成 17825。

【字數】5。

【拓片】

【釋文】陸（陳）□簊（散）造鐱（劍）。

【備註】或疑偽刻。

三十三、鉞

1122. 亞醜鉞

【出土】1965－1966 年山東益都縣蘇埠屯 1 號商代墓（M1：2）。

【時代】商代晚期。

【著錄】文化大革命期間出土文物第一輯圖版 123，集成 11743，總集 7770，辭典 246，青全 4.182，山東萃 104，山東藏 39，山東成 889，圖像集成 18229。

【字數】2。

【照片】

【拓片】 （正面）

（背面）

【摹本】

【釋文】亞{醜}。

1123. 取子敔鼓鉞（取子鉞）

【出土】1980 年山東鄒縣（今鄒城市）城前鄉小彥村。

【時代】西周早期。

【著錄】集成 11757，山東成 892，圖像集成 18248。

【現藏】鄒城市文物管理委員會。

【字數】9。

【器影】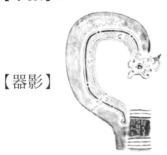

【拓片】

【釋文】于取子㪤鼓（鼓）壽（鑄）鐘元喬。

傳世鉞

1124. 㺇鉞

【出土】安陽。

【時代】商。

【著錄】集成 11720，總集 7243-7244（誤作戈），三代 19.7.4-5（誤作戈），鄴初下 9，山東成 890-891（754 重出，誤作戈），國史金 2699，圖像集成 18203。

【字數】1。

【器影】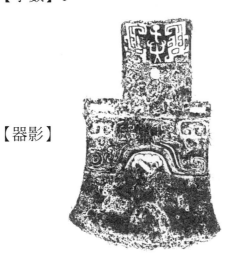

【拓片】  （正面）

 （背面）

【釋文】奠。

三十四、鈹

1125. 永祿鈹（永祿休德鈹）

【出土】1980 年山東莒縣韓家村。

【時代】春秋晚期。

【著錄】山東成 903，圖像集成 17926。

【現藏】莒縣博物館。

【字數】8。

【拓片】

【釋文】承彔（祿）休悳（德），永成耆（壽）畐（福）。

傳世鈹

1126. 元年相邦建信君鈹

【時代】戰國晚期。

【著錄】山東成 905，海岱考古 324 頁圖 6，新收 1548，圖像集成 405。

【現藏】濟南市博物館。

【字數】20（合文 1）。

【器影】

【拓片】

【釋文】元年，相邦建信君，邦右庫□□工帀（師）吳疧，冶瘩執齊。

三十五、矢

1127. 郐鍾矢（徐鍾矢）

【出土】1976 年山東棲霞縣占疃鄉杏家莊。

【時代】戰國時期。

【著錄】故宮文物 1993 年總 129 期 15 頁圖 17，古研 19 輯 84 頁圖 8.1，
圖像集成 18363。

【現藏】棲霞縣文物管理所。

【字數】2。

【拓片】

【釋文】郐鍾。

1128. 郐鍾矢（徐鍾矢）

【出土】1976 年山東棲霞縣占疃鄉杏家莊墓葬。

【時代】戰國時期。

【著錄】山東成 923，圖像集成 18364。

【現藏】棲霞縣文物管理所。

【字數】2。

【拓片】

【釋文】郐（徐）鍾。

三十六、刀

1129. 己刀（己削）

【出土】1983 年 12 月山東壽光縣古城公社古城村商代晚期陪葬坑。

【時代】商代晚期。

【著錄】文物 1985 年 3 期 6 頁圖 22、5 頁圖 16、7 頁圖 23.3，集成 11808，
國史金 2766，山東成 910，圖像集成 18305。

【現藏】壽光縣博物館。

【字數】1。

【器影】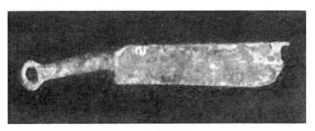

【拓片】

【釋文】己。

1130. 刀（單刀）

【出土】1957 年山東長清縣興復河北岸。

【時代】商代晚期。

【著錄】文物 1964 年 4 期 44 頁圖 6-7，集成 11807，山東成 911，圖像集成 18314。

【現藏】山東省博物館。

【字數】2。

【器影】

【拓片】

【釋文】刀。

三十七、銅泡

1131. 師給銅泡

【出土】1979 年山東棗莊市齊村區（今名市中區）渴口公社劉莊東南小河
　　　　東岸山坡下戰國墓葬。

【時代】戰國晚期。

【著錄】考古 1985 年 5 期 476 頁圖 1.4、477 頁圖 2 中，集成 11862，山東
　　　　成 918，圖像集成 18489。

【現藏】棗莊市博物館。

【字數】8。

【器影】

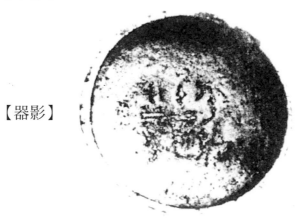

【拓片】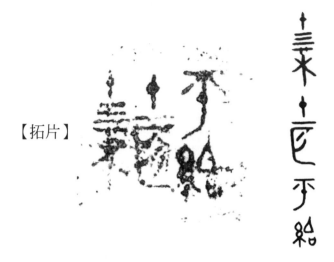

【釋文】十三（四）茉（枼）十二月，帀（師）紿。

三十八、距末

1132. 悍距末

【出土】山東曲阜縣（山東存）。

【時代】戰國時期。

【著錄】三代 20.58.2，積古 8.21，金索金 2.102，攈古 2 之 1.31.3，愙齋 24.7，周金 6.120.1，小校 10.114.7，集成 11915，總集 7822，山東存下 8.4，山東成 917，圖像集成 18590。

【字數】8。

【拓片】

【摹本】

【釋文】惡乍（作）距末，用差（佐）商國（國）。

三十九、鐮

1133. ↑鐮

【出土】1954 年山東濟南市大辛莊採集。

【時代】商代晚期。

【著錄】文物 1957 年 12 期 60 頁，集成 11823，山東成 913，通鑒 18652。

【字數】1。

【拓片】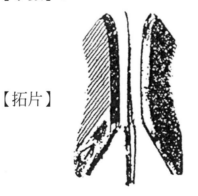

【釋文】↑。

四十、斧

1134. 己斧（己鋳）

【出土】1983 年 12 月山東壽光縣古城公社古城村商代晚期墓葬。

【時代】商代晚期。

【著錄】文物 1985 年 3 期 7 頁圖 26.1，集成 11791，山東成 908，通鑒
18703。

【字數】1。

【器影】

【拓片】

【釋文】己。

1135. 己斧（己錛）

【出土】1983 年 12 月山東壽光縣古城公社古城村商代晚期墓葬。

【時代】商代晚期。

【著錄】文物 1985 年 3 期 7 頁圖 26.2，集成 11792，山東成 907，通鑒
　　　　18704。

【字數】2。

【器影】

【拓片】

【釋文】己七。

1136. 壽元斧（壽元杖首）

【出土】1978 年 12 月山東滕州市城南官橋鎮尤樓村春秋墓葬（M2.16）。

【時代】春秋早期。

【著錄】考古學報 1991 年 4 期 471 頁圖 14.3，近出 1053，新收 1127，山東成 916，通鑒 18730。

【字數】2。

【器影】

【拓片】

【釋文】壽元。

1137. 莒陽斧

【出土】1994 年 12 月山東沂南縣磚埠鎮任家村。

【時代】戰國晚期。

【著錄】文物 1998 年 12 期 25 頁圖 2，近出 1244，通鑒 18739。

【字數】12。

【器影】

【拓片】

【釋文】廿四年，莒腺（陽）丞寺，庫齊，佐平職。

傳世斧

1138. 亞醜斧（亞丑斧）

【時代】商。

【著錄】山東成 921，集成 11777，國史金 2701，圖像集成 18721。

【現藏】山東省博物館。

【字數】2。

【拓片】

【釋文】亞{醜}。

1139. 叡司徒斧

【時代】西周。

【著錄】山東成 922，集成 11785，小校 9.93.1-2。

【現藏】上海博物館。

【字數】7。

【拓片】
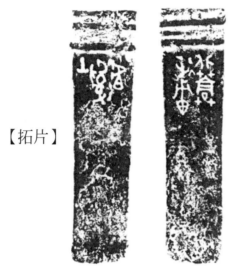

【釋文】叡辭（司）土（徒）北顨（嵩）延。

四十一、錛

1140. 亞醜錛（亞丑錛）

【出土】1965-1966 年山東益都縣蘇埠屯 1 號西周墓葬（M1.23）。

【時代】商代晚期。

【著錄】文物 1972 年 8 期 21 頁圖 7.1，集成 11797，總集 7946，山東成
906.2，通鑒 18748。

【字數】2。

【拓片】

【釋文】亞{醜}。

1141. 右司工錛

【出土】山東壽光縣胡營鄉嶽寺李村。

【時代】西周早期。

【著錄】文物報 1993 年 10 月 31 日 3 版，新收 1125，山東成 909，通鑒 18749。

【字數】3。

【拓片】

【釋文】右司工。

傳世錛

1142. 亞醜錛（亞丑錛）

【時代】商。

【著錄】山東成 906，集成 11796，圖像集成 18748。

【現藏】山東省博物館。

【字數】2。

【拓片】

【釋文】亞{醜}。

四十二、釜

1143. 陳純釜

【出土】清咸豐七年（1857）山東膠縣靈山衛古城。

【時代】戰國中期。

【著錄】三代 18.23.1，愙齋 24.3，綴遺 28.17.1，奇觚 6.35.1，簠齋 3.26.2，
周金 6.122.2，大系 262.1，小校 9.104.1，齊量 17.19，山東存齊 21，
度量衡 79，青全 9.43，集成 10371（中），總集 7870，辭典 916，
銘文選 2.857（早），夏商周 593，鬱華 391.1，山東成 729，通鑒
18816。

【字數】34。

【器影】

【拓片】

【釋文】墜（陳）猶立事歲，餿月戊寅，于（烏）丝（兹）安陵🕈，命左關帀（師）㦰，敕宔左關之釜（釜）節于戴（稟）釜（䋃－釜），戴（敦）者曰墜（陳）純。

1144. 子禾子釜

【出土】清咸豐七年（1857）山東膠縣靈山衛古城。

【時代】戰國早期。

【著錄】三代 18.23.2，愙齋 24.1，綴遺 28.18.1，奇觚 6.35.2-36.1，周金 6.122.1，簠齋 3 區 26.1，大系 261.2，小校 9.104.2，山東存齊 20.3，齊量 7.9，度量衡 78，青全 9.44，集成 10374，總集 7871，銘文選 856，辭典 914，鬱華 390，彙編 36，山東成 727，通鑒 18817。

【字數】108。

【器影】

【拓片】

【釋文】□□立事歲（歲），襖月丙午，子禾子命□內者御咊（和），□
□命諛塦（陳）叟（尋）。左關釜節于戠（廩）釜，關鉨節于稟
（廩）䊷（料），關人築〓威釜。閉料□□外䴴釜，而車人制之
而台（以）□□退。如關人不用命。〓（御）寅□□□人。□□
元（其）吏，中刑乒（厥）遂，贖台（以）[金]料（半）銁（鈞），
□□元（其）盅，乒（厥）辟□遂，贖台（以）□犀□命者，于
元（其）事區夫。丘關之釜。

四十三、量

1145. 右里𣪘𨥏量（右里大量）

【出土】山東臨淄。

【時代】戰國時期。

【著錄】奇觚 6.38.1，簠齋 3 雜器 35.2，衡齋上 8，周金 3.168.1，文物 1964 年 7 期 42 頁圖 2，度量衡 90，集成 10366，總集 7876，鬱華 391.3，山東成 738，通鑒 18804。

【字數】4。

【器影】

【拓片】

【釋文】右里鋻。

1146. 右里啟鋻量（右里小量）

【出土】山東臨淄。

【時代】戰國時期。

【著錄】三代 18.24.2，奇觚 6.37.2，簠齋 3 雜器 35.1，度量衡 89，集成
10367，總集 7875，山東存齊 24.3，鬱華 391.4，山東成 739，通
鑒 18805。

【字數】4。

【器影】

【拓片】

【釋文】右里鋻。

1147. 右里釜量

【出土】1991 年 4 月山東臨淄區梧台鄉東齊家莊戰國窖藏。

【時代】戰國時期。

【著錄】考古 1996 年 4 期圖版 3.5，近出 1050，新收 1175，山東成 740.1，
　　　　通鑒 18806。

【字數】4。

【器影】

【拓片】

【釋文】右里■釜。

1148. 右里釜量

【出土】1991 年 4 月山東臨淄區梧台鄉東齊家莊戰國窖藏。

【時代】戰國時期。

【著錄】考古 1996 年 4 期 25 頁，新收 1176，山東成 740.2，通鑒 18807。

【字數】4。

【器影】

【拓片】

【釋文】右里鎣。

1149. 齊宮銅量大

【出土】1992 年 3 月山東臨淄區永流鄉劉家莊戰國墓葬。

【時代】戰國時期。

【著錄】考古 1996 年 4 期 25 頁圖 2.1，近出 1052，新收 1171，山東成
741.2，通鑒 18810。

【字數】5。

【器影】

【拓片】

【釋文】字（序）巷□里。

1150. 齊宮銅量小

【出土】1992 年 3 月山東臨淄區永流鄉劉家莊戰國墓葬。

【時代】戰國時期。

【著錄】考古 1996 年 4 期 25 頁圖 2.4，近出 1051，新收 1172，山東成
741.1，通鑒 18811。

【字數】5。

【器影】

【拓片】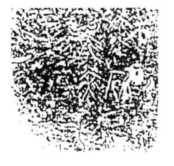

【釋文】字（序）巷🔲里。

四十四、雜器

1151. 左關之鈯

【出土】清咸豐七年（1857 年）山東膠縣靈山衛古城。

【時代】戰國早期。

【著錄】三代 18.17.1，愙齋 24.5.1，綴遺 28.21.1，奇觚 6.37.1，簠齋 3.27.1，
周金 6.123.1，善齋 12.1.2，大系 262.2，小校 9.103.8，善彝 168，
山東存齊 22.1，度量衡 80，青全 9.42，北圖拓 256，集成 10368，
總集 7872，辭典 915，銘文選 858，夏商周 594，鬱華 391.2，
山東成 440，通鑒 18808。

【字數】4。

【器影】

【拓片】

【釋文】左關之鈅（鈅）。

1152. 工舟

【出土】1973 年春山東長島縣長山鎮王溝村東周墓葬（CW 采：02）。

【時代】戰國早期。

【著錄】考古學報 1993 年 1 期 69 頁圖 11.5，故宮文物 1993 年總 129 期
13 頁圖 13，古研 19 輯 81 頁圖 5.4，近出 1045，新收 1041，山東
成 744，圖像集成 19234。

【現藏】長島縣博物館。

【字數】1。

【照片】

【拓本】

【釋文】𢀜（工）。

1153. 鄭鈞盒

【出土】1992 年山東淄博市臨淄商王村田齊墓地（M1:20-2）。

【時代】戰國早期。

【著錄】文物 1997 年 6 期 17 頁圖 7.2，近出 1044，新收 1076，齊墓 22
頁圖 13，山東成 752，圖像集成 19240。

【現藏】淄博市博物館。

【字數】2。

【器影】

【拓片】

【釋文】鼻（奠－鄭）鈞。

1154. 趞陸夫人燈

【出土】1992 年山東省淄博市臨淄區商王村戰國墓（M1.120）。

【時代】戰國晚期。

【著錄】新收 1081，山東成 748，圖像集成 19284。

【現藏】臨淄市博物館。

【字數】4（合文 1）。

【器影】

【拓片】

【釋文】趚墬夫人。

1155. 臺錡

【出土】民國十六年（1927 年）山東濟南。

【時代】商代晚期。

【著錄】三代 18.21.5，貞松 11.1.1，續殷下 78.1，山東存下 1.1，國史金 2459，山東成 734，圖像集成 19294。

【字數】2。

【拓片】

【釋文】臺。

1156. 趩墬夫人磬架構件

【出土】1992 年山東省淄博市臨淄區商王村戰國墓（M2.3.1）。

【時代】戰國晚期。

【著錄】新收 1082，山東成 746，圖像集成 19438。

【現藏】淄博市博物館。

【字數】4（合文 1）。

【器影】

【拓片】

【摹本】

【釋文】趩墬夫人。

1157. 趩墬夫人磬架構件

【出土】1992 年山東省淄博市臨淄區商王村戰國墓（M2.8.1）。

【時代】戰國晚期。

【著錄】新收 1083，山東成 747，圖像集成 19439。

【現藏】淄博市博物館。

【字數】4（合文 1）。

【拓片】

【摹本】

【釋文】趍墜夫人。

1158. 趍墜夫人磬架構件

【出土】1992 年山東省淄博市臨淄區商王村戰國墓（M2.8.2）。

【時代】戰國晚期。

【著錄】新收 1084，山東成 747，圖像集成 19440。

【現藏】淄博市博物館。

【字數】4（合文 1）。

【器影】

【拓片】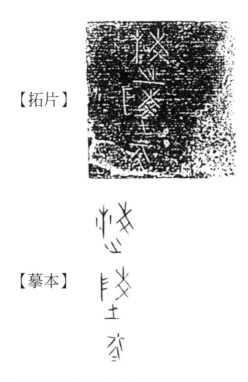

【摹本】

【釋文】趞陸夫人。

1159. 作旅彝殘器底

【出土】1965 年山東黃縣（今龍口市）歸城姜家西周墓（M2）。

【時代】西周中期。

【著錄】古研 19 輯 79 頁圖 3.6，海岱 1.14，圖像集成 19454。

【現藏】山東省博物館。

【字數】3。

【拓片】

【釋文】乍（作）旅彝。

1160. 駐銅馬

【出土】1978 年山東省平陰線孝直鎮。

【時代】戰國晚期。

【著錄】新收 1026，青全 9:47。

【字數】1。

【照片】

【釋文】駐。

傳世雜器

1161. 女射鑒

【時代】商。

【著錄】山東成 719，集成 10286，總集 6878，三代 18.24.4，西清 31.61，
周金 4.42，貞松 11.1.2，續殷下 78.2，小校 9.103.1，辭典 215，
山東藏 46，山東萃 103。

【現藏】山東省博物館。

【字數】3。

【拓片】

【釋文】女射。

1162. 冶紹夅匕

【出土】1933 年安徽壽縣朱家集。

【時代】戰國晚期。

【著錄】山東成 745，集成 977，總集 6660，三代 18.28.3，銘文選 669，雙古上 39，小校 9.99.2，善齋 12.3，度量衡 2，頌齋 98，安徽金文 27，圖像集成 6316。

【出土】廣州市博物館。

【字數】7。

【器影】

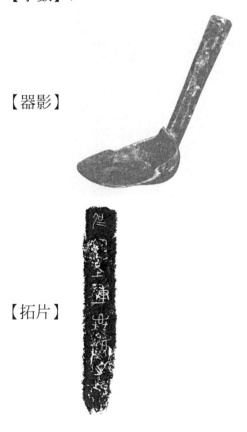

【拓片】

【釋文】但（冶）絮（紹）夅陞（陳）弁爲之。

1163. 亞乙癸鑵

【時代】商。

【著錄】山東成 914，金索 2.1，山左 1.6，金索 2.1。

【字數】5。

【器影】

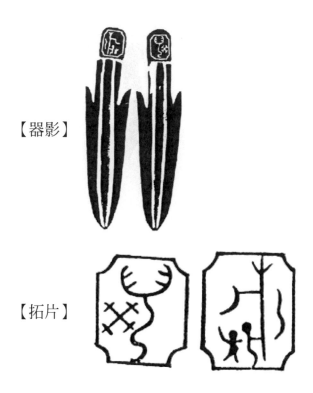

【拓片】

【釋文】亞兒癸。亞乙旅。

1164. 寶戈鐳

【時代】西周。

【著錄】山東成 915，金索 2.2.2，積古 8.18.5，濟州 1.20.1。

【字數】2。

【拓片】

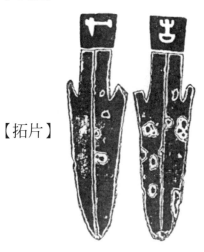

【釋文】告戈。

1165. 齊節大夫馬飾

【時代】戰國。

【著錄】山東成 919，集成 12090，總集 7891，三代 18.31.5，貞圖中 45，
圖像集成 19156。

【字數】7（合文 1）。

【器影】

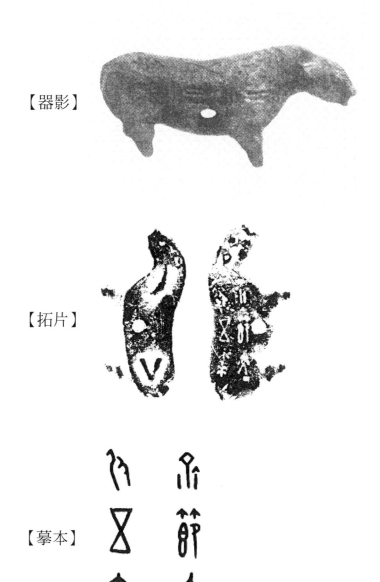

【拓片】

【摹本】

【釋文】齊節大夫尻五乘。

1166. 陳侯因鎜

【時代】不詳。

【著錄】山東成 920，總集 7772，善齋 11.37。

【字數】3。

【器影】

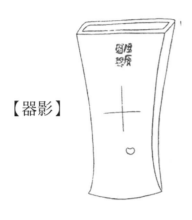

【拓片】

【釋文】陳厌（侯）因鎜。

1167. 作公丹鋓

【時代】西周早期。

【著錄】山東成 735，總集 4409，集成 9393，三代 14.8.6，貞松 8.42.3，
武英 126，小校 9.49.3，故圖下下 345，國史金 1201，圖像集成
14713。

【現藏】臺北故宮博物院。

【字數】5。

【器影】

【拓片】

【釋文】乍（作）公丹燮（鑒）。冀。

1168. 羊器

【時代】商。

【著錄】敬吾下 32，筠清 2.12.2，攈古 1.1.23.1，三代 6.8.6，山東存下 1，
　　　　小校 7.8.6，殷文存上 15.3，集成 10511，綴遺 6.5.2，韡華己 3，
　　　　總集 1690，山東成 264.1（定名爲簋）。

【字數】2。

【拓片】

【釋文】羊。

1169. 羊器

【時代】商。

【著錄】山東成 733，集成 10511，總集 1690，三代 6.8.6，筠清 2.12.2，攈古 1.1.23.1，綴遺 6.5.2，敬吾下 32，小校 7.8.6，殷存上 15.3，山東存下 1，韡華己 3。

【字數】2。

【拓片】

【釋文】羊。

1170. 鑵蓋

【時代】商代晚期。

【著錄】山東成 735，總集 7923，頌齋 16，圖像集成 19223。

【字數】1。

【拓片】

【釋文】。

1171. 亞醜器

【時代】商。

【著錄】山東成 736，集成 10497，總集 1785，三代 6.6.7，從古 1.14.1，綴遺 17.4.1，小校 7.6.2。

【字數】2。

【拓片】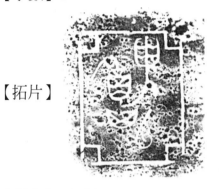

【釋文】亞{醜}。

1172. 冀父丁器

【時代】商。

【著錄】山東成 736，集成 10520，總集 1879，三代 6.14.7，殷存上 17.2，小校 7.11.4。

【字數】3。

【拓片】

【釋文】冀父丁。

1173. 亞㠱侯殘圓器

【時代】西周早期。

【著錄】山東成 737，集成 10351，圖像集成 19452。

【現藏】旅順博物館。

【字數】9。

【拓片】

【釋文】乍（作）父丁寶簠（旅）彝。亞{曩厌（侯）}。

1174. 國差䱇

【時代】春秋中期。

【著錄】山東成 742-743，集成 10361，總集 5826，三代 18.17.3-18.18.1，
西乙 16.9，金索金 1.63，積古 8.10，攈古 3.1.44-45，綴遺 28.12，
奇觚 18.21-22，寶蘊 91，大系 239，通考 806，山東存齊 6，故圖
下下 261，彙編 4.128，銘文選 846，青全 9.30，圖像集成 19256。

【現藏】臺北故宮博物院。

【字數】52（重文 2）。

【器影】

【拓片】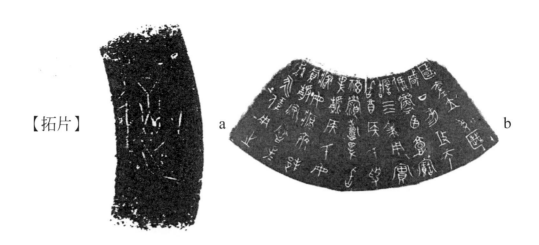
　　　　a　　　　　　　　　　　　b

【釋文】國差立事歲，咸丁亥，攻（工）帀（師）俉盤（鑄）西章（塘）
　　　　寶簹四秉，用實旨酉（酒），厌（侯）氏受福灒（眉）耇（壽），
　　　　卑（俾）旨卑（俾）龢（瀞），厌（侯）氏母（毋）瘩母（毋）
　　　　疘，祇（齊）啟（邦）鼏靜安寍（寧），子子孫孫永佲（保）用
　　　　之。

1175. 陳車轄

【時代】戰國。

【著錄】山東成 745，集成 12023，總集 7906，三代 18.36.2，周金 6.131.3，
　　　　夢郼上 53，小校 9.106.4，圖像集成 19022。

【字數】3。

【器影】

【拓片】

【釋文】陸（陳）窒筲（散）。

1176. 陳車轄

【時代】戰國。

【著錄】山東成 745，集成 12024，總集 7907，三代 18.36.3，周金 6.131.2，
貞圖中 48，貞松 11.16.2，小校 9.106.3，圖像集成 19021。

【字數】3。

【器影】

【拓片】

【釋文】陸（陳）窒筲（散）。